ハヤカワ文庫SF

〈SF2436〉

宇宙英雄ローダン・シリーズ〈709〉

永遠への飛行

クラーク・ダールトン＆クルト・マール

長谷川 圭訳

早川書房

9038

PERRY RHODAN
FLUG IN RICHTUNG EWIGKEIT
DIE HÖHLE DES GIGANTEN
by

Clark Darlton
Kurt Mahr

Translated by
Kei Hasegawa
First published 2024 in Japan by
HAYAKAWA PUBLISHING, INC.
This book is published in Japan by
arrangement with
HEINRICH BAUER VERLAG KG, HAMBURG, GERMANY
through JAPAN UNI AGENCY, INC., TOKYO.

目次

永遠への飛行

永遠への飛行

クラーク・ダールトン

登場人物

ペリー・ローダン……………………銀河系船団最高指揮官
レジナルド・ブル（ブリー）……《シマロン》指揮官
イアン・ロングウィン……………同船長兼首席操縦士
ラランド・ミシュコム……………同副操縦士
グッキー………………………………ネズミ＝ビーバー
エイレーネ……………………………ローダンの娘
コヴァル・インガード……………惑星ブガクリスの〝蛮人〟
ベオドゥ………………………………アッタヴェンノク
エヘエンザ……………………………ベカッス。カッスバン評議員の息子
ザルガ…………………………………同。トゥールスⅢの〝選ばれし者〟
ゲサール………………………………同。パウラⅡの港湾長

1

ペリー・ローダンもレジナルド・ブルも不在だったため、首席操縦士で船長のイアン・ロングウィンが《シマロン》の指揮を執り、《ハーモニー》とともにパウラ星系へと向かった。

どちらも銀河系船団に所属する船だ。

イアンの副官でいささか太りすぎのラランド・ミシュコムが司令室に入ってきた。とはいえ、基本的にこの司令室はむだな存在だった。必要な機能のすべてを網羅する八台のシントロニクス・コンピュータが、この全長二百メートルの楔《くさび》型宇宙船を制御していたのだから。このシントロニクス結合体は、搭載するバイオトロンコンポーネントのおかげで、目を見張るほどの自律知能をそなえていた。

「イアン、パウラ星系について、これまでになにがわかっているのでしょうか？」ラランドがたずねながら着席すると、変形機能をもつシートがすぐに体型に合わせてかたちを変えた。長い黒髪をひっつめにしたラランドの目には、ちいさな悪魔のような輝きが宿っている。「多くはないのでは？」

いつもと同じ時代遅れのライトグリーンの制服を着たイアン・ロングウィンがラランドをちらと見て答えた。

「残念だが、きみのいうとおりだ。大きなコウモリを彷彿《ほうふつ》とさせるこのベカッスという種族について、あまり多くの情報は得られなかった。だが、いずれにせよ、遅かれ早かれペリーたちがこの星系にやってくるだろう……そう願っているよ。われわれはその先鋒だ」

「あの永遠の船とやらはペリーたちをどこへ連れていくのでしょうね」

「行き先はパウラだ」と、そんなことも知らないのかとでもいいたげな口調でイアンが答えた。「それにこの星系について、われわれはきみが考えている以上に多くのデータをもっている。宇宙ハンザがもっとも外側の第四惑星に基地を建設したのを忘れたのかい」

「完全に忘れていました」ラランドが悔しそうに認めた。「ですが、拠点があまりに多いので、すべておぼえているなんて無理ですよ。違いますか？」

「たしかに」テラ生まれのイアン・ロングウィンがふたたびスクリーンに目を向けた。

あとにしたばかりのオルサ星系がどんどん遠ざかっていく。「そろそろシントロンにメタグラヴ・エンジンを起動するよう、お願いするとしよう。座標はもうわかっているのだから」

ラランドはにやりと笑ってシートにもたれかかった。その瞬間、イアンにはシートが抗議のため息を洩らしたかのように思えた。もちろん、完全な思いこみなのだが。

「実際、この船にわたしたちは不要ですよね」と、ラランドが文句をいった。「不満です」

イアンは表情を崩さない。

「不要というわけではないよ、ララ。目的地に着いたら、シントロンを休ませて、われわれが操縦を引き継ぐ。そうなれば、きみもすこしは体重が減るんじゃないか」

ラランドがイアンをにらみつけた。

「まじめな話をしているんだ！　いまのうちに毎日運動しておいたほうがいい。年をとると、からだが硬くなってしまうぞ」

今度はイアンは笑いかけたが、ラランドはわざと無視した。

イアンは計器に目を向けた。

「もうすぐだ。超高速ファクターを五千万にセットする。それで充分だろう」

「おっしゃるとおりです」ラランドは認めた。「到着したら起こしてください」

「長寝する時間はないぞ」イアンはいった。

そして、星が消えた。

＊

《シマロン》には千二百五十名の乗組員がいて、その大半がテラナーの男女だった。ほかの世界の出身者としては、アコン人、アラス、アルコン人、ブルー族、エプサル人、フェロン人、エルトルス人がいるが、その比率は二十パーセント程度にすぎない。もう一方の《ハーモニー》にはオファラーのサラアム・シインにくわえてカルタン人がいるだけだ。

イアン・ロングウィンが指一本さえ触れる必要もないまま、《シマロン》は通常空間にもどった。恒星パウラまで、光の速さであと数時間の距離だ。

ラランドは身を起こし、これ見よがしにあくびをした。

「着いたのですか？」と、たずねる。

「ああ、着いたには着いたが、探知機が不調なようだ。情報が正しければ、四つの惑星が恒星パウラをとりかこんでいるはずなんだが。だよな？」

「ハンザの資料ではそうなっていますが」ラランドが答える。「どうかしましたか？」

「探知機が惑星を三つしか見つけなかったんだ。ハンザが拠点を置く第四惑星があるはずの場所には、たくさんの小惑星が浮かんでいる。小惑星のリングがパウラのまわりをまわっているようだ。なにかがおかしい」

「拠点の残骸、ということでしょうか」ラランドが真顔で応じた。

イアンはうなずく。

「その恐れがある。われわれで調べるとしよう」

「なにが起こったのでしょうね？」

「こんなときのためにシントロンがあるんだろ」

次に起こったことは、まるでコンピュータゲームだった。特殊なスクリーンに、現時点で視覚的にとらえられるパウラ星系の星図がしめされた。それを見ていると、恒星と三つの惑星と不規則なかたちをした小惑星のリングから光の速さで数時間ほどはなれた上空を漂っているかのような気分になる。スクリーンの左下には数字でゼロとしめされていた。

「ここからシントロンが過去へとさかのぼる」イアンが説明すると、惑星が高速で移動しはじめ、小惑星も恒星を周回しながら配置を変えていった。

同時に、表示年数も増えていった。最初ゼロだった場所に、早くも三桁《けた》の数字がならんでいる。

三つの惑星の軌道は安定していたが、恒星をとりかこむ瓦礫《がれき》がしだいに一個所に集まりはじめた。リングの一端に亀裂が生じ、それがどんどん大きくなっていった。亀裂の対極では逆の動きが起こっていた。たがいに引き合っているかのように、小惑星の間隔がどんどんせまくなっていったのである。

そして最後には、かつて第四惑星だったものが表示された。

「六百四十八年前」イアンがスクリーン左下にしめされた数字を指してつぶやいた。

「宇宙ハンザの拠点はいまからおよそ六百五十年前に何者かによって第四惑星もろとも破壊されたのか。ここで実際になにが起こったのか、われわれには知るよしもないがな」

映像は消えた。

しばらく沈黙がつづいたのち、シントロンが三つの惑星の調査をはじめると伝えた。第二惑星には生命反応がある、とも。

「おそらく、奉仕の四年をすごすために永遠の船で連れてこられたベカッスたちだろう」イアンはシントロンに調査をはじめるよう命じた。「ベカッスたちがなにをして四年をすごすのか、興味津々《きょうみしんしん》だよ」

ラランド・ミシュコムは応えなかった。リアルな映像とそれに対応するデータの両方を表示する巨大な全周スクリーンに意識を集中していたからだ。

シントロンは恒星の背後にある第三惑星を無視して、《シマロン》を第二惑星へと誘導した。まもなく計測データが得られ、有機生命体、大型の居住空間、地表と地下の両方にまたがる巨大な製造施設、宇宙港、そして六個所の造船所の存在が確認された。驚いたことに、第二惑星のまわりを大きな宇宙ステーションが周回していることも明らかになった。

　第二惑星に近づけば近づくほど、映像は鮮明になっていった。造船所でアンテナ船が建造されているのがはっきりとわかった。これをもって、ここにいるのはベカッスであると確証されたといえる。ベカッスがここで暮らしている。したがって、最初の予想とは違って、ここは四年のために定期的に選抜したベカッスを永遠の船で連れてくる見知らぬだれかの暮らす世界ではない、ということだ。

「ローダンたちが永遠の船でやってくるまで、できるだけ着陸は避けよう」と、イアンはラランドとシントロンの両方に向けていった。「まだ距離がかなりはなれているので、われわれの存在に気づいていないはずだ。必要とあらば、恒星パウラの付近で探知機に見つからない場所を探そう」

　超小型のミニスパイ機が送り出され、パウラIIに近づき、鮮明な映像を《シマロン》へとどけると、それがスクリーンにうつしだされた。

　ベカッスの船にはまだ建造中のものもあれば、軌道近くで最後まで組み立てられ、周回する宇宙ステーションにドッキングされるものもあった。

イアンが自分の提案を知らせると、サラアム・シインは同意した。パウラⅡからあまり遠くはなれないようにするために、両船とも探知機が機能しない恒星ではなく、パウラⅠへ向かうことにした。この惑星の北極からはすでに遠い昔に氷が失われていた。そこは地獄のような暑さで居住が不可能な惑星ではあったが、あらゆる種類の探知機から身をかくすには最適な場所だった。

両船は密な距離をたもって飛行した。

ペリー・ローダンとその仲間を待つ長い時間がはじまった。

だが、永遠の船が永遠の奉仕者を船に乗せるためにパウラⅡをめざしていることはたしかだ。

その後、永遠の船はさらにどこかへ向かうのだろう。

それがどこなのかは、まだだれも知らない。

2

ペリー・ローダンは、レジナルド・ブル、アッタヴェンノクのベオドゥ、コヴァル・インガード、エイレーネ、彼女の寵愛《ちょうあい》を受けるベカッスのエヘエンザ、イルトのグッキー、そして四十三名の〝選ばれし者〟のベカッスの背後で永遠の船のハッチが閉じたのを見て、安堵のため息を洩らした。ことはスムーズに運んだ。ベカッスたちがみずから搭乗の指揮を執ったからだ。

ベカッスはいまなお、自分たちに宇宙旅行の秘密を教えてくれたのはテラナーだと思いこんでいる。

グッキーは、見た目は自分とはまったく違うが、ほぼ同じ大きさのベオドゥのそばにいた。

「ぼくみたいなビーバーの尻尾はないかわりに、顔に象みたいな鼻があるんだ」がベオドゥと体格が似ていることを指摘されたときの、グッキーのお決まりの答えだ。

若きベカッスのエヘエンザは、〝永遠〟での四年の奉仕、それが実際になにを意味しているのかはだれにも想像すらできなかったのだが、その奉仕者となるための試験には合格しなかった。だが、運よくエイレーネの手引きで船にもぐりこんだのである。試験に受かったベカッスたちが乗船してくる最後の惑星がパウラⅡであることはわかっていたが、そこから旅がどこへつづくのかを知る者はいなかった。

「で、これからどうするの？」と、グッキーがたずねたのは、ベカッスたちがあちこちへと散らばっていったあとも、みんななにをするでもなく通廊にたたずんでいたからだ。「お出迎えもないし。これほどまでなにが起こるかわからない旅ははじめてだよ」

「記憶力が悪いな」レジナルド・ブルが頭を横に振りながらつぶやいた。「すこし振り返るだけでも……」

「とにかく、かれらはほかとは違うよ、ブリー。いやな予感がする」

「みんなそう感じている」と、ローダンが口をはさんだ。「この船はロボット制御されているはずだから、とりあえず休める場所を探そう。ベカッスたちもそうしたんだから」

エイレーネのそばをはなれようとしないエヘエンザが口を開いた。

「試験のときに、この船についてすこし学びました。ですから、みなさんのお力になれるかもしれません。なにか知りたいことは？」ローダン一行はグラド語で話している。

「すべてだ」ローダンがいった。

若いベカッスはすぐに応じた。

「わたしたちも多くを知っているわけではありません」翼をさらにコンパクトにたたむと、エヘエンザは二・五メートルほどの大きさに見えた。「ご存じのように、永遠の船は選ばれし者たちを迎えにくるために定期的にやってきます。でも、かれらをどこへ連れていくのか、だれにもわかりません。四年後に帰ってきた者たちには、その期間の記憶がないのです」

「つづけてくれ」ローダンがいった。

「もちろん。選ばれし者は乗船して、自分の部屋を自分で探します。かれらは完全に個として行動します。あらゆる食糧がそろっているようです。なにもする必要がありません。ですから、わたしたちもなにもしなくてもよいでしょう」

「まるでマリオネットだね」グッキーが不満そうにつぶやいた。

ベカッスは反応せずにつづけた。

「授業と試験準備のさいに理解したかぎりでは、わたしたちはここからわれわれの種族が住むべつの世界へと飛んで、そこでも選ばれし者を集め、そこからまた最後の立ちより先のパウラ星系へと向かって、そこでも仲間を迎え入れます。そのあとなにが起こるのか……だれにもわかりません……」

ローダンはあまり納得していない表情でうなずいた。

だが、なにが引っかかっているのかを明かすことはなかった。

「わかった、それではキャビンを探そう。この船はまもなくスタートするだろう。次の渡航先までどれだけの時間がかかるのかはわからないが、みんな、ひと眠りしておいたほうがいい」

「でも、まずは食事」グッキーがいった。

ブルもそのとおりだといいたげにうなずいた。「ここにはニンジンが一本もない、に一票」

「きみの勝ち」ネズミ＝ビーバーはすぐにあきらめて、ベオドゥと腕を組んだ。「さあ、行こう。ここにいてもしょうがないよ」

ほかのメンバーは複雑な心境で二名のあとを追った。

＊

〝永遠の船〟と呼ばれるその船は全長が二百五十メートル、船体の直径は百二十メートルだった。そのかたちはさまざまな突起物がついた不格好な魚雷を彷彿とさせる。とくに目立っていたのは、船体の下部に設置された、長さ八十メートル、幅四十メートルの輸送用の接続装置だ。

キャビンは船首部分、遷移エンジンは船尾上方にあった。ロボットもふくめて、乗組員は一名も見つからなかった。

ローダンらはたがいの目のとどく範囲に密集して移動した。どれぐらいの時間でパウラ星系に着くのかはわからない。

ベカッスたちも同じ問題をかかえていたようだ。かれらもまた、最低限の必需品だけが入った荷物をかかえて通廊を行ったりきたりしていたが、自分が行くべき場所を見つけた者から順番に消えていった。

居住区域には、いまの倍の乗員数を収容できるほどの余裕があった。最後には、試験を通じてその船についてある程度の知識を得ていたエヘエンザのおかげで、れっきとしたアパートメントと呼べるほどの空室が見つかった。

全員を先に入れてから、ローダンは最後にキャビンに入り、背後でドアを閉じた。そして、ほかのみんなと同じように、あたりを見まわす。

ベッドがあり、そこに隣接する小部屋にはベカッスのためのとまり木もあった。とはいえ、そのベカッスといえども、本当に横になって休むことの快適さを知らないわけではない。

エイレーネが次のドアを開けて、よろこびの声をあげた。

「本格的なバスルームよ！　この見知らぬ連中はどうやら善人なのかも」

「早合点をするな」と、エイレーネを諌《いさ》めてから、ローダンはベッドのひとつに腰かけた。「みんな、ゆっくりしてくれ。ところで、ここはどうやら外側キャビンのようだ。グッキー、この金属おおいの奥に眺望ハッチがあると思うんだが」ローダンはレール上の金属板をずらそうとしたがうまくいかなかった。「なにかが引っかかっているのか、いや、ロックされているのかも。きみも興味があるだろう」

なにも答えないまま、ネズミ＝ビーバーが目を細めて意識を集中した。

そしてローダンのベッドのうしろにある金属板を見つめると、目に見えない場所にあったロックが解けた。

おおいが横にスライドすると、外の景色が眼前にひろがった。

だが、宇宙港とそこにのこされたベカッスたちが見えたのはほんの数秒間だけだった。

その後、惑星はどんどん遠ざかり、最後には視界から消えた。

すると、あることが起こった。全員が無重力におちいったのだ。ベカッスにとっては、

とくにありがたい状況だ。

なにかにつかまるのが遅れたエイレーネとブリーはひろいメインルームの空中を漂ったが、しばらくしてようやくベッドにしがみついてからだを固定することができた。

「なんでまたこんなことに？」ブルが怒りの声をあげた。「こんなときのために、装置がすでに……」

「われわれベカッスのためです」エヘエンザがうれしそうに説明した。「あなたがたが

船に乗ることは想定していなかったのでしょう」
「問題ない」ローダンはそういって、セランの重力発生装置を作動させた。ほかのメンバーもそれにならった。コヴァル・インガードだけは、いまもセランの着用を拒んでいたので、ベルトの重力発生装置を使うしかなかった。かれが受け入れた先進テクノロジーは、《シマロン》の船内で受けとったこの反重力ベルトだけだった。

惑星はとっくに宇宙の彼方に消えていた。恒星も通過したころ、なんの前触れもなく遷移が行なわれた。

しかし、従来の遷移とは違って、からだの融解は起こらない。永遠の船の乗客は意識を完全にたもったまま、遷移ならびにそのあとにつづくハイパー空間飛行を経験した。透明な眺望ハッチの外には、輪郭のない灰黒色のハイパー空間が見えていた。

ブルはすぐに遷移痛を克服した。ほかのメンバーもそうだ。遷移痛を感じなかったのはエヘエンザだけだった。ベカッスのエヘエンザはとまり木にぶら下がって休んでいた。

エイレーネはベッドに横たわっていた。

長い銀髪と暗い瞳をした《バジス》乗員だったテラナーの末裔《まつえい》コヴァル・インガードは、その横のベッドに腰かけている。

「で、食べ物はどこに？」コヴァル・インガードが無感情にたずねた。

「二十メートルほど先の食糧庫」と、グッキーがテレパシーで見つけた食べ物のありかを答える。「二十名ほどのベカッスがもう集まってきてるよ。ぼくたちの口に合うものがあればいいけどね。そこまで察知することはぼくにもできないから」

「野菜は思考のインパルスを発しないからな」ブルがからかった。

グッキーはいつになく冷静に応じる。

「それはきみの勘違いだよ」とだけいって、それ以上の深入りは避けた。

ローダンが立ちあがった。

「ちょっと見てくる。まあ、心配するな。ベカッスはけっしてゲテモノ食いではないし、かれらの見知らぬ友らも、そのことを知っているはずだ」

「お供します」エヘエンザが起きあがった。

ローダンはうなずいた。

＊

途中、両者は数名のベカッスとすれ違った。みんなローダンのことを、自分たちに宇宙航行のしかたを教えてくれた種族の子孫だと考えて、とても礼儀正しく接してくる。ローダンはその考えを否定しなかった。

両者はすぐにグッキーが察知した食糧庫を見つけた。そこを〝食糧庫〟と、呼ぶのは気が引けた。なぜならそこは、なんでもそろっている全自動レストランを彷彿とさせる大きな空間で、だれもが好きなものを選べたからだ。

「生きるのに必要なものはなんでもありますね」と、エヘエンザがうれしそうにいった。「あなたがたの好きそうなものもありますよ。食に関しては、心配する必要はなさそうです」

「じつにありがたい。この旅がどれだけつづくのか、そもそも時間がふつうに流れるのかも、わからないのだから。数日、いや数週間ずっと船内という可能性だってあるのだからな」

「わたしはそうは思いません」ローダンの心配をよそに、ベカッスがいった。「すくなくとも適性試験のさいには、そのような長期間の旅は示唆《しさ》されていませんでした」

両者は食べ物や飲み物をとっているほかのベカッスに交ざった。

「みんなにも自分でここへきて、好きなものを選んでもらおう」ローダンはいって、自分と娘のために食べ物と透明な飲み物が入ったビンを二本だけ手にとった。「みんな、味の好みはそれぞれだからな。とくにグッキーは」

はじめての食事を終えて、ローダンがネズミ＝ビーバーに声をかけた。

「船のチェックにつき合ってもらいたいんだ。エンジンが搭載された封鎖区画が船尾にあるような気がする」

「よろこんで」グッキーがうれしそうにいった。そもそも、ずっとベッドでごろごろしている気などなかった。「なにか秘密を解き明かすヒントが見つかるかも」

「わたしが同行したほうがいいのでは？」ブルがたずねた。

「いや、ここにのこってほかのみんなといっしょにいてくれたほうがありがたい」ローダンがグッキーの前脚を手にとった。「船尾のほうへテレポーテーションしよう」ネズミ＝ビーバーは慎重を期して二十数メートルしか跳ばなかった。パラ障壁があるかもしれないと考えたからだ。ふたたび実体化したのち、ふたりは慎重に船尾の方向へ進んだ。いま歩いている場所は、船首と船尾をつなぐ通廊のほぼ中間地点だと予想した。いまだに数名のベカッスが自分に適したキャビンを探して行ったりきたりしていた。ふたりを見てはていねいに挨拶し、また去っていく。

「みんな、ぼくたちと同じで、この船についてなにも知らないみたい」と、かれらの思考をちらりと読んでグッキーがいった。「でも、見知らぬ者たちのために四年間奉仕できることをよろこんでいるね」

「期待が失望に変わらないことを願うよ。見ろ、あそこで通廊が終わっているみたいだ。とりあえず、確認してみよう」

通廊は実際に滑らかな金属壁の前で終わっていて、抜け道も隠し扉もなかった。グッキーがテレキネシスで壁をスキャンしたが、なにも見つからない。中央にある通廊の右と左にある最後のふたつのキャビンにも、抜け道のようなものはなかった。

「必要ないのかもしれない」しばらく調べたのち、ローダンがつぶやいた。「船が宇宙を航行中には、搭乗者には船首から船尾へ移動する理由がないのだとしたら。要するに、船は前とうしろに分けられていて、乗客は後方へ入れないようになっているんだ」

「でも、それもいまだけだよ」と、ネズミ＝ビーバーがほのめかした。

ローダンはそこまで楽観的にはなれなかった。

「これほどの船をつくれるのなら、それなりの防御策を施しているはずだ。いずれにせよ、連中は正体を明かすつもりがない。ここまでひとつとして、ヒントとなりそうな文字やシンボルが見つからなかったんだからな」

「それでも、とりあえずやってみるよ。パラトラップとかはなさそうな気がするから」

「気がする、じゃなくて、ちゃんと能力を使って探ってくれ」

「もうやったよ」と、グッキーがすこし反抗的に答えた。「テレポーテーションする」

「うまくいったら、すぐにもどってこいよ」

グッキーが意識を集中すると、姿が消えた。

ローダンは立ちつくし、滑らかな壁をじっと見つめた。そうすることで、その奥にある秘密が明らかになるかのように。

およそ三十秒後、ネズミ＝ビーバーがもどってきた。

「ほら！」勝ち誇ったようにいう。「思ったとおりだ」

「なにが思ったとおりだった？」

グッキーは咳ばらいをしてつづけた。

「この永遠の船の設計者はあらゆる可能性を想定していたけど、乗客のなかにテレポーテーションできる者があらわれるとは考えていなかったみたい。障害はないよ。いっしょにくる？」

答えるかわりにローダンがグッキーの手を握ると、一瞬でふたりの肉体が霧散した。

＊

はじめ、ローダンはがっかりした。

グッキーとともに長く伸びた空間に降り立つと、そこは殺風景《さっぷうけい》で、いかなる技術設備もなかったからだ。だが、それが見せかけにすぎないことを、すぐにネズミ＝ビーバーが見破った。溶接した跡から、そこは不規則なかたちの金属板が密に固定されていることが明らかだった。その裏にあるものへの視線を阻止するためだ。

その空間は立ち入りが禁止されていたにもかかわらず、空調設備を通じて新鮮な呼吸気が送りこまれていた。理屈に合わない。

「ここには理屈なんてないんでしょ」ローダンの心を察知してネズミ＝ビーバーがいっ

た。「ここにはだれもこない、なのに大気が存在する。ぼくが察知できるかぎりでいうと、この溶接された壁の向こうには、船の完全な運行に必要な機材のすべてがそろっているはず。ただし、それらが外壁までみっちりと詰まっているね。だからぼくでさえテレポーテーションする場所はほとんどなさそうだよ」と、大げさにいう。

「たのむからそんなことをしないでくれよ、ちび。そうか、右と左に必要なテクノロジーのすべてがあるんだな。わたしたちを目的地へ運ぶ全自動システムもふくめて。なら、エンジンはどうだ？　もっとうしろにあるということだな」

「そう」イルトはいって、そのキャビンの終わりを指した。「扉のない壁、厚さは二メートルほど、見知らぬ素材。あの向こうに遷移エンジンがあるけど、ぼくはけっして近づきたくないね」

「だれもそんなことを望んでいない。だが、ここの壁になんらかの文字やシンボルはないだろうか？　わたしには見つけられない」

「だめだね。ぼくにも見えない。ぼくたち、ここでいったいなにをしてるの？」

ローダンはうっすらとほほえんだ。

「好奇心を満たしているのさ。だが、残念ながら、逆に好奇心が強まってしまったようだ。いずれにせよ、ベカッスの見知らぬ慈善者に関するヒントはここにはないようだ。まあ、そのうちなにかが見つかるだろう」

「おそらくね」グッキーがローダンの期待に同意した。

「みんなのところにもどろう。そろそろ心配しているころだろう」

グッキーはためらった。もう一度、壁の向こうにかくされている電子機器やポジトロニクス機器をスキャンし、コンピュータに似たデバイスを調査し、メモリーにアクセスしようとしたが、むだだった。

なにかを見落としている、それどころかミスをおかしたという感覚が潜在意識の奥深くで芽生え、消えてくれなかった。これほどの船を考案し建造した者は、絶対的な安全を確保したにちがいない。それなのに、この壁と壁のあいだの空間は、いまのふたりを追い返すことには成功するとしても、攻撃に対して百パーセント安全だとはとうてい思えない。

「どうした？」ローダンが急《せ》かすようにたずねた。「なにをぐずぐずしている。それとも、なにか見つけたのか？」

ネズミ＝ビーバーは首を横に振ったが、いつになく曖昧《あいまい》な態度をつづけた。

そしてようやくローダンの手を握った。

「こいつをつくった見知らぬ者たちが、なんだか薄気味悪くなってきたよ」そういうと、ローダンとともにテレポーテーションした。

＊

「われわれよりも先に乗船していたベカッスに」ローダンの報告を聞いてレジナルド・ブルがいった。「つまり、べつの世界からきている連中にもっと探りを入れたほうがいいのでは？　かれらのほうがこの船での暮らしが長いのだから、エヘエンザよりも多くを知っているかもしれません」

エヘエンザは無重力のなかを漂っていた。

「そのとおりです」と、エヘエンザはブリーに同意する。「わたしがお供しましょう」

ローダンも納得し、グッキーとの念話を通じてふたりとの連絡を維持すると約束した。

ブルが船内でときどき声をかけたベカッスたちは、みんな友好的で親切だった。あらたな情報が得られるかもしれないという期待も、部分的には満たされた。

たとえば、いわゆる永遠の奉仕者の数は、それぞれの惑星の人口とは無関係であることがわかった。そこに特定の基準は存在しないと思えた。多くの世界からは十数名しか連れてこられていないのに、ほかからはその四倍あるいは五倍ほど連れてこられているケースもあった。

また、ブルにとって心配の種となる事実も明らかになった。

エヘエンザを通じて、ブルはすでに、エヘエンザの故郷世界でどうやって審査員や審判団が選出されるのかを知っていた。この若いベカッスはすべての試験に合格したにもかかわらず、一審査員の不興を買ってしまったために落第の憂き目を見たのだ。それでもこの永遠の船に乗れたのは、ローダンの助けと、庇護者であるエイレーネの要請があったからにほかならない。

ところが、ブルが船内で調べてみたところ、ほかのベカッスの世界では選抜方法がまったく異なっていたのだ。その食い違いがあまりに大きいので、見知らぬ慈善者が統一的なルールを用いているとはとうてい考えられなかった。

したがって、すくなくともレジナルド・ブルには、この見知らぬ連中にとってはだれが試験に合格し、だれが不合格になるかは、どうでもいいことなのだと思えた。つまり、なんらかの資格が関係しているわけではない。

重要なのは、決まった数の自発的奉仕者を集めて、故郷から遠くはなれた場所でなにかをさせ、そして四年後に記憶を消して故郷に帰す、という一連の流れだけのようだ。

なんのために？

ブルはいやな予感が頭をよぎったが、エヘエンザにはなにも話さなかった。

両者は遠くはなれた植民世界から連れてこられていたベカッスの集団に遭遇した。ていねいに挨拶をしたあと、ブルは慎重に質問をくり出した。

「試験？　授業？」が答えだった。「そのような試験はありませんでした。わたしたちの多くは、慈善者に感謝の気持ちをしめすために、永遠の船に乗って自分の住む世界を出ることを望むのです。昔からずっとそうでした」

「試験もテストもなしか」ブルはいぶかしがった。エヘエンザも驚きをかくせない。

「ですが、それほど多くの者が慈善者に感謝をしめしたいと願うのに、一定の数しか乗船が認められないということは、やっぱり選抜が行なわれているはずです」

エヘエンザは翼をしっかりとたたんだ。焦《あせ》りのしるしだ。

「もちろん選抜はありました。とても単純で、候補者全員がくじを引くのです。五十名だけが当たりくじを引いて、のこりの数千名はハズレでした。ここにいるわれわれは運がよかった、ただそれだけです」

運がよかったのか、はたまた悪かったのか、それは今後のお楽しみ、とブルは思った。そして礼をいい、先へ進んだ。エヘエンザがあとを追った。

＊

両者は二時間ほど船内を歩きまわり、さまざまな世界からきているベカッスたちと話した。ブルの予想は正しかったようだ。統一的な選抜方法は存在しない。もとめられる永遠の奉仕者の数はだいたいいつも同じで、例外的な場合にのみ変更がくわえられる。あるベカッスが一名、四年の不在からもどってこなかったこともあったそうだが、その理由は説明されなかった。そのベカッスの出身惑星は、次に永遠の船がやってきたときに、ベカッスを一名よぶんに〝調達〟しなければならなかった。

ブルは、船には七百名を超えるベカッスが乗っていると見積もった。それぐらいの数になることは、漠然と知られていた。

両者の帰りをいまかいまかと待ち受けるみんなのいるキャビンに、深刻な顔をしたブルがエヘエンザを連れてもどってきた。両者が不在のあいだは、グッキーがみんなの問いかけに対して、問題はないとだけ応じていた。

「ブリーがもの思いにふけっているんだよ」と、グッキーは自分がいつになく簡潔に答えた理由を説明した。

エヘエンザは、キャビンの片すみでコヴァル・インガードと話しこんでいるエイレーネのもとに急いだ。両者の会話に入り、ふたりからの質問に答える。

ブルはのこりのメンバーに聞きこみのようすを伝える。結論をいおうとするブルを、ローダンがさえぎった。

「きみがそこから導き出そうとする結論は、だいたい察しがつく。おそらくわたしも同じ結論にいたるだろう。慈善者と呼ばれる連中はベカッスの資格には関心がない。つまり、かれらの目的にとっても、ベカッスの資格はどうでもいいことなのだろう。ベカッスたちを四年間、楽園のような休暇旅行に招待するためだけに、これほど大がかりなことが行なわれているとは、とてもじゃないが考えられない。つまりは、どういうことだと思う？」

「重労働！」ブルはいつになく小声でいった。エイレーネのそばにいるエヘエンザに聞かれたくなかったのだ。

ローダンはうなずいた。

「意欲的で安価な労働力を集めるための方法として、わたしはこれ以上に手のこんだ方法を聞いたことがない。いずれにせよ、暴力はいっさい用いられていないようだ。奉仕者は全員例外なく自発的に船に乗っているということからも、この点はまちがいない。技術力から判断するに、慈善者にはベカッスに労働を無理強いするだけの力があると考えられる。それなのに強制しないのはなぜか。この疑問はまだ謎のままだ」

「それにしても、いやらしい方法だよ」ネズミ＝ビーバーは主張した。「ベカッスに宇宙旅行を教えたのは、やっぱり自分勝手な目的のためだったんだから。おかげでベカッスたちはほかの惑星に移住して、数を増やすことができたんでしょ」

ローダンは答えなかった。

＊

数時間眠れたおかげで、一行の気分はすこし晴れた。グッキーがエヘエンザを連れて、食糧庫から食べ物をとってきた。とくに理由はないが、みんな機嫌は上々だった。

ローダンの希望で、ネズミ＝ビーバーは入口のない船尾部分の探索をもう一度行なったが、今回は技術装置への干渉は絶対にしないようにと念を押されたうえで、ひとりでおもむいた。「絶対にだめだぞ！」そうローダンはつけくわえた。

グッキーはふたたびひろくて殺風景な空間に出現した。今回も、どこかから観察されている気がしてならない。しかし、どれだけ探しても、隠しカメラなどの装置は見つからなかった。

最後はそのいやな感覚のことを忘れて、本来の目的、滑らかな壁の向こう側の調査をはじめた。

今回はローダンときた前回よりも集中して徹底的に調べたが、これといった成果はなかった。テレキネシスでまったく未知の物体に触れ、それがなにかを推測するのはただでさえとても骨の折れる作業なのに、見知らぬ慈善者が用いる技術はかなり特殊だったので、なおさら大変だった。

すくなくとも、技術について特別に精通しているわけではないグッキーにとっては、かれらの技術は完全に未知のものだった。それにもかかわらず、類《たぐ》いまれな推理力があるおかげで、グッキーには壁の向こうになにがあるのかを推測することはできた。

くわえて、問題なくテレポーテーションできそうなひろめの空間を発見できたのも大きな収穫だった。だが、実際にテレポーテーションすることはローダンから禁止されていた。あとでもう一度、だれかといっしょにくればいい。

ほかにも、この船の設計者につながるちいさな手がかりがどこかにあるはずだ！

右と左には、コンピュータ制御された機器があると考えてまちがいない。それらがこの船を惑星から惑星へと自動的に運び、着陸と離陸をコントロールしている。操縦桿《かん》を握るだれかがいるわけではない。

すくなくとも、船内にそのような者はいない。

グッキーは通廊の終わりにある壁に向かった。その向こうには全自動の、すくなくとも〝ほぼ〟全自動の、エンジンがある。

ネズミ＝ビーバーはテレキネシス能力をフルに活用したが、いくつかの付随的な部品を見つけた以外は、なんの成果も得られなかった。それらの部品から、そこにあるのが遷移エンジンだと予想できたが、その仕組みはどうやらグッキーの知らないもののようだ。ほかにもたくさんある機械ユニットや装置は、かすかな記憶さえない完全に未知のものだった。

「ペリーにまかせればいいや」グッキーはそう考えて、次回は絶対にローダンといっしょに機械室にテレポーテーションしようと決心した。

その決意を胸に、みんながいるキャビンへもどった。

報告を聞いたローダンがうなずいた。

「わかった、やってみよう。だが、それはあとまわしだ。エヘエンザの予想では、われわれはもうすぐベカッスたちが待つ開拓者の惑星に到着する」

「ぼくが必要なら」グッキーがいった。「ベッドにいるから。すこし考えごとがしたいんだ」

「あまり無理をするなよ」ブリーがやさしく声をかけた。

グッキーはその声をわざと無視してベッドの上でまるまり、話しかけられるのを態度で拒んだ。

実際、まだしばらくは答えが得られないとしても、考えたいことがいくつかあったのだ。

3

パイオニア惑星トゥールスⅢにベカッスの入植がはじまったのはわずか数百年前のことだ。白黄色に輝く恒星トゥールスの第三惑星であるその星は気候条件がすぐれていて、入植者はおもに農地の開拓と家畜の飼育に専念していた。

技術に関しては、初期の停滞ののちに衰退がはじまった。トゥールスⅢには無重力をつくり出す施設がなかったし、そもそも無重力をつくるのに必要な周回宇宙ステーションも存在しなかった。そのため、ここに住むベカッスたちは、ほかの世界にいるベカッスよりも肉体が強靭《きょうじん》に発達した。

このことは、かれらが誇るコウモリの翼にも当てはまった。

〝トゥールスのベカッス〟ことトゥールセンでさえ、静止した状態から宙に浮いて本当の意味で飛ぶことはできなかったが、かなりの距離を滑空することはできた。

風さえうまくつかまえれば、山から数百メートルは滑空できる。

ザルガは宇宙港がある唯一の大都市から遠くはなれて、孤独に暮らしていた。その宇宙港にはときどきほかのベカッス世界から宇宙船がやってきて、住民を興奮させた。物品の取引も盛んに行なわれていた。

しかし、住民がもっとも色めき立ったのは、なんといってもやはり、伝説の宇宙旅行者である慈善者たちの駆る永遠の船がやってきたときだ。もちろん慈善者はトゥールス星系でもいまだに崇拝されている。

ここトゥールスでは、二十四名の選ばれし者が乗船を認められる。当然ザルガも立候補した。合格したら、隣人や友人がザルガの家と農地の面倒を見てくれる。四年が過ぎたらまた帰ってくるのだから。

永遠の船到着予定日の四週間前に、選抜試験の課題が発表された。長距離飛行だ！

四年間慈善者に仕えることを夢みると同時に、生活に変化をもとめていたザルガは、この試験方法を聞いてがっかりした。

かれのちいさな農地は平地にあった。それでも風さえよければ、立った状態から楽に五百メートルほどは滑空できたが、その程度で試験に合格できるとは思えなかった。それでも参加を辞退せずに、トレーニングにいそしんだ。そして、自宅の屋根から八百メートルほど滑空できるようになった。

立候補したのはわずか三百名ほどだったが、その多くは遠くの山岳地帯からきていて、数キロメートルを滑空し、長時間を空中にとどまる才能がある。

　ザルガが勝つチャンスは皆無《かいむ》に等しかったが、それでも自分の幸運を信じた。参加者全員が同じ条件でスタートするのだから、なにが起こるかわからないではないか。

　試験の日がやってきた。

　およそ三百名のベカッス＝トゥールセンが集められたのは、だだっぴろくてわずか十メートルの高さしかない丘の上だった。立候補者のだれにとっても有利でも不利でもない。全員の飛行時間や距離を正確に計測するために、審査員たちはそれぞれの持ち場に散らばっていた。

　町も遠くはなれているのでじゃまにならない。試験中に翼を動かすことは禁止されていたが、たとえ動かしたとしても、だれも町まで滑空することはできないだろう。

　ザルガは緊張を必死におさえようとした。複雑な心境のまま、山岳地帯からやってきたライバルたちを見まわす。かれらのよくトレーニングされた力強い翼は、胴体にぎゅっと折りたたまれていた。ザルガの期待はどんどんしぼんでいったが、あきらめる気にはなれなかった。

　みんな、スタートの合図をいまかいまかと待っていた。合図とともに翼をひろげ、助走を開始し、そして……滑空する。

　ようやくスターターが到着し、丘の下、参加者全員から見える位置で立ちどまった。

　いよいよだ。

スターターの合図で競争がはじまった。

ザルガはスタートで出遅れた。山岳地帯出身のトゥールセンらはすでに空中に浮いている。ザルガもそのあとを追ってジャンプし、滑空にうつった。しかし、前を行く連中が風を奪い高さを得たので、ザルガは上昇できず、高度をたもつのがやっとだった。ほんのすこしだけ翼を動かす誘惑に負けそうになったが、ばれればすぐに失格になってしまう。

出遅れた者はほかにもいたが、とにかく最下位になるのだけはごめんだった。スピードが増すにつれて、自然と高度が下がっていったが、思いがけない突風が吹いたおかげで、ザルガは高度をとりもどし、前を行く者たちとの距離もすこし縮まった。

しかし、それとてずっと前のほうを滑空しているトゥールセンらに追いつくには充分ではないだろう。上位二十四人に入れるとは思えなかった。

ななめ前を飛んでいた一農民が早くもあきらめたようだ。かなりのスピードのまま着地すると、近くにいた審判がすぐにその番号と飛行距離を記録した。

一名、また一名と脱落者が出はじめた。ザルガは地上五メートルあたりを飛んでいたが、飛距離が伸びるとともに、高度はじょじょに下がっていた。もう突風も吹いてくれない。上昇するために、だれにもばれないように翼を動かそうとした瞬間に勢いを失い、そのまま芝生に突っこんだ。

ザルガにとってのレースは、そこで終わった。

審判がやってきて、データを記録する。

「勝ち負けに関係なく」その審判が警告するかのようにいった。「参加者はもれなく審査員による結果発表に出席すること。急ぎなさい。もう翼を自由に動かしてもいいのだから」

おかしなことに、そういわれてもばかにされている気にはならなかった。

一時間ほどたったころ、選抜試験参加者の全員が宇宙港のそばに集まった。もっとも遠くまで飛んだベカッスたちが、勝ち誇った表情をしている。一方、ザルガもふくめ、数百メートルで着地した負け組は一様にうつむきがちだった。

百名の審判団の代表者が静粛をもとめ、審査委員会の結論を伝えたとき、ザルガは自分の耳を疑った。

そして、山岳地帯出身のトゥールセンらの怒りの声を聞いたとき、自分の耳が正しかったことを知った。

わずかな飛行距離で最初に着地した二十四名のベカッスが選出され、まもなくやってくる慈善者の船に永遠の奉仕者として乗ることが認められたのだ。

敗者が勝者だった。

なぜそのような奇妙な審査が行なわれたのか、ザルガには見当もつかなかったが、わきあがってくるよろこびの前では、そんなことはどうでもいいと思えた。

四年間、永遠の奉仕者になれる！

のこりの二十三名とともに、ザルガは専用の寮にうつされ、外界から隔離された。

四日後、永遠の船が着陸した。

＊

あらたに選ばれた奉仕者たちが船に乗りこむやいなや、すぐにハッチが閉じ、永遠の船は垂直に上昇し、速度を増しながら、見送る者たちの視界から消えていった。

そのうちいつか、この船はまたもどってくるだろう。

以前から船にいたベカッスたちが新参者たちを快く迎え入れ、キャビンを見つけるのを手伝った。しかし、旅の最後の区間はおそらく長くはつづかないだろう。いずれにせよ、どの惑星でもそうほのめかされていた。

ザルガはカッスバンという惑星からやってきたベカッスと同じキャビンに割り当てられた。そのベカッスははじめこそよそよそしかったが、何度か言葉を交わすうちに心を開いていった。結局のところ、おたがいに永遠の奉仕者に選ばれた、同じ栄誉を分け合う仲間なのだ。

恒星トゥールスが宇宙の奥に飲みこまれて見えなくなってからずいぶんたったのち、

船がハイパー空間に突入した。

かつてベカッスに宇宙旅行を教えた種族が四人と、ほかの種族が二名乗船していると聞いて、ザルガは心から驚いた。

ザルガも、もう一方のベカッスも、永遠の船に〝神〟がいるなどという話は、それまで一度も聞いたことがなかった。なにかがおかしいと思った。もともとザルガは、見知らぬ者に対しては疑い深いたちなのだ。だから疑念を口にした。

新しい友はなだめるようにいった。

「かれらが乗船している理由なんて、だれにもわからないさ。最高権威に命じられた任務を遂行しているのかもしれない。ほかのみんなと同じように、きみもかれらと話してみればいいよ。なにも教えてもらえないだろうけど」

「そうだろうな。でも、一度は会ってみたいものだ」

「なら、かれらのうちのだれかが第三倉庫に物資をとりにくるときがチャンスだ。それに、ときにはただ散歩をしたりすることもあるので、遭遇する可能性は高いよ。話しかけてみなよ」

「かれらの見た目は？」

同室のベカッスは、慈善者のリーダーと思《おぼ》しき人物をできるだけくわしく描写し、こう締めくくった。

「ほかの二名はちいさいので、きみにもきっとわかるさ。たぶん召使いだろう」

ザルガはその説明でひとまず満足し、身のまわりをととのえ、全自動食糧庫へ向かった。

ほかのベカッスの惑星にくらべて、トゥールスⅢでは技術も文化も衰退していたため、相対的に〝神々〟に対する恐れと信仰は強くなった。それなのに、ザルガはどうしても不信感を拭《ぬぐ》い去れない。それがジレンマとなって、心が痛んだ。

三つめの全自動食糧庫は船尾の方向にある。数名にその場所をたずねてようやく見つかり、空腹を満たすことができた。そこにいたベカッスたちはおしゃべりをしながら食事にいそしんでいたが、突然ぴたりと話し声が途絶えた。

突然の静寂に気づいたザルガが顔をあげる。

エイレーネが倉庫に入り、挨拶の言葉を発すると、ベカッスたちも快く応じた。エイレーネはタブレットになじみのある食品をのせ、それを手伝ってくれた若いベカッスに礼をいい、軽く会釈して倉庫を出ていった。

ザルガはそのうしろ姿をじっと見つめた。横にいたベカッスがザルガを肘で小突いていった。

「彼女はかれらの仲間だよ」ささやくような声だ。「見た目はすこし変わってるけど、とても親切なんだ」

「かのじょ……？」ザルガが信じられないといった感じで問い返した。

横のベカッスはうなずいた。

「ああ、われわれにやさしい慈善者は単性じゃなくて性別があるんだ。きみがいま見たのは女性だよ」

ザルガはその新情報を飲みこみ、皿に盛った粥《かゆ》を頬張った。

宇宙は不思議に満ちている、と思いながら。

＊

グッキーはローダンの説得に成功した。

たまたま口にしたコメントが、ローダンの好奇心をくすぐったのだ。もしかすると、技術装置の内側で見知らぬ者たちにつながるヒントが見つかるかもしれない。いずれにせよ、隠蔽《いんぺい》工作はあまり厳格ではないようだ。そもそも、ベカッスには二重の障壁をこえるすべがなかったし、畏怖の念から立ち入り禁止区域に入る勇気もないのだから。

「グッキー、ベオドゥも連れていく」

アッタヴェンノクのベオドゥは、同行できると知ってとてもうれしかった。直接テレポーテーションしないと聞かされて、さらによろこんだ。ローダンがこう提案したのだ。

「いつものように居住区を散歩しながら、ベカッスたちにも声をかけ、できるだけ目立たないように立ち入り禁止区域へ近づいていこう。これまで、あのあたりで永遠の奉仕者に出会ったことはない。だからわれわれが突然消えても、だれも気づかないだろう」

三名はキャビンを出て、旅客区画を横切った。出会ったベカッスたちと言葉も交わした。だが、ベカッスたちを見分けるのはほぼ不可能だった。ただネズミ＝ビーバーだけは、思考パターンのちょっとした違いをもとに、ある程度区別することはできたようだ。

しばらくしたのち、三名は主通廊に併走する通廊を船尾方向へと歩みはじめた。すれ違うベカッスはどんどん減っていったが、船体を横断する障壁の近くまできてネズミ＝ビーバーが立ちどまり、同行者に声をかけた。

「待って、前のほうに奇妙な思考のベカッスがいる。単純な性格みたいだけど、好奇心と、それから不信感でいっぱいだ。なにを探しているんだろう？」

「ここはまだ立ち入り禁止じゃない」ローダンが指摘した。

「わかってるよ！　それでも、あそこにいるのはおかしい。まだ乗船したばかりみたいだ」そこでグッキーは黙りこんだ。自分の内側に耳をかたむけているようだ。「無重力に慣れていないんだ。かれの世界には存在しないから」

「声をかけてみましょう」と、ベオドゥが提案した。

三名は進んだ。立ち入り禁止区域まで数十メートルのあたりで、そのベカッスの姿が見えた。ローダンらを見て驚き、歩みをとめる。

ローダンがいつものように挨拶した。

「永遠の船にようこそ」

だが、ザルガもそこまでばかではない。

「ありがとうございます。ですが、なぜわたしが前回の寄港地で乗船したことをご存じなのですか？　この船には七百名を超える永遠の奉仕者が乗っていて、わたしの知るかぎり……」

「きみは」ネズミ＝ビーバーがローダンにそっと目配せをしてから口をはさんだ。「ぼくたちがベカッスを区別できないと聞いたんだね。安心して。それはまちがいだから」

ザルガはその言葉をまったく信じなかった。だが、それすらグッキーには筒抜けだった。グッキーがテレパシーを使えるなんて、考えてもみなかったからだ。ただ、神の子孫の背の高いほうとその小柄な同行者になんらかの特別な才能があるのだろうとは予想した。いったい、どんな才能だろう？

沈黙を破るため、ローダンがたずねた。

「きみはきっととてもむずかしい課題を克服したのだろう。でなければ、ここにいるはずがない」

「滑空競争を」ザルガは話しはじめたが、合格基準を思い出し、恥じ入るように口を閉ざした。しかし、試験について考えるのをやめることはできなかった。

もちろん、それで充分だった。

すこし言葉を交わしたのち、ザルガは別れを告げ、船首方向へと去っていった。

充分はなれたのち、グッキーが説明した。

「あいつは負けたから勝ったんだ」そういって、ローダンとベオドゥにことの顚末《てんまつ》を伝えた。「ほんとにおかしな選抜方法だよ。むちゃくちゃだ。いちばん才能のない連中を排除したいみたいだ」

「ここでもまた、慈善者には奉仕者の能力ではなく、数だけが重要だという予想が裏づけられたわけだ。ほかにわかったことは？」

「うん、あるよ。あの若者、ザルガっていうんだけど、ぼくたちのことを慈善者や神だとは思ってないね。それどころか、慈善者や神はもう存在していなくて、べつのだれか、要するにぼくたちがその役割を乗っとったと考えてるみたい」

「ご名答！　だが、それは問題ない。ザルガにはなにもできないんだからな。だれもかれのいうことを信じないだろう。危険はない」

ローダンはそそくさと先を急いだ。ザルガの姿はとっくに見えなくなっていたし、グッキーもつけられてはいないことを確認した。

三名は障壁の前で立ちどまった。

そして数秒後には、殺風景な広間にふたたび実体化した。横と船尾方向の分厚い壁の奥には、船の中枢機関がかくされている。

＊

エイレーネの庇護を受けるエヘエンザは慣れ親しんだ無重力状態のなか、船首部分を巧みに往来し、ほかのベカッスたちと言葉を交わしながら情報を集めた。数名のベカッスとおしゃべりしたあと、あるわきの通廊で偶然ザルガに出会った。ザルガはすぐに、乗船したばかりだと明かした。

開拓者の惑星トゥールスⅢの存在自体は知っていたので、エヘエンザはていねいにその星についてたずねてみた。そのさい、ほかのベカッス世界の状況に関心があるふりをしたが、これはかならずしもうそというわけではない。

ザルガは惜しみなく情報を提供し、この永遠の奉仕者と思われる者にしだいに信頼をよせていった。そして慎重に、船内に滞在する異人の話題を口にした。ただし、念のためかれらのことを〝神々〟と、呼んだ。

「神々が不死なら話はべつですが、そうでないのなら、かれらはせいぜいわれわれに宇宙旅行を教えてくれた者の末裔にすぎませんよ。〝永遠〟に到着したら、もうすこしくわしくわかるのかもしれないのですが。この四年しかつづかない永遠とは、いったいなんなのでしょうね」

「本当に知らないことばかりです」ザルガのなかで、また疑念が大きくなった。「正直なところ、何百年も前からベカッスたちが姿を消しては四年後に記憶をなくして帰ってくる理由を知るために、わたしは選抜試験を受けたのです」

「最後には、あなたも記憶をなくしますよ」

「ですが、すくなくとも四年間は真実を知ることになる」

その考え方が、エヘエンザには理解できなかった。

「それだけの理由で試験を受けたのですか？」

「もちろん、違います」ザルガはガードをおろさない。だれも信用できない。

「目的はみなそれぞれでしょう」エヘエンザは深入りを避けた。

先へ進もうとするところを、ザルガが引きとめた。

「あなたを信用してもいいものかどうか、まだ迷っています。でも、親しい者がいるほうがのちのち有利だと思うので、あなたには打ち明けましょう。この船にいる神々と呼ばれている者たちは、にせものだと思うのです。かれらはわたしたちが仕える相手ではない。それに、何百年も昔の出来ごとに、いまのわたしたちが感謝する必要もないと思うのです。あなたはどう思いますか？」

エヘエンザはすこしショックを受けた。

「あなたの推理や考えはまちがっています、ザルガ。厄介ごとに巻きこまれますよ。警告しましたからね」

ザルガの答えを待たずに、エヘエンザは気をとりなおして無重力のなかを去っていった。

ザルガは驚いた表情でエヘエンザを目で追い、だれも信用しないという原則を破ったことを後悔した。だが、あのエヘエンザがいまの出来ごとを報告するために不審者のもとへ行くようなことはありえないだろうと自分にいい聞かせた。

心がすこしおちついたので、キャビンへもどった。

*

「右と左には、自動制御装置と、それに関係する機械があると思うよ」グッキーが説明した。「で、あそこの奥がエンジン」

「ご対面といこうじゃないか」ローダンが心を決めた。

ネズミ＝ビーバーは慎重に機械と機械のあいだにある大きめの空間を探り出し、ローダンとベオドゥとともに障壁をこえてテレポーテーションした。

グッキーに忠告されていたので、天井のライトがついてひろい空間を照らし出しても、だれも驚かなかった。ここでもまた、すべてが自動だった。

ローダンがおちついたようすであたりを見まわす。ローダンにとっては、遠い昔のことを思い出すのは、とくにそれが技術と関係している場合は、それほどむずかしいことではなかった。

同行した二名が文字やシンボルを探す一方で、ローダンはエンジンに注目した。遷移エンジンであることにまちがいはないが、ベカッスがアンテナ船に搭載しているものよりも進化していて高性能だ。謎めいた慈善者にしてみれば、当然のことだろう。ベカッスの宇宙旅行技術がさらに発展することは望まなかったはずだ。

ローダンが最初に引っかかったのは、無数の機器やユニットが人目を避けるようにかくされた場所にあったという事実だ。そこで、みずからの技術と見知らぬ者の技術を接続してみることにした。

すこしためらったのち、自分のセランのシントロンを視界からかくされた場所にある装置につないだのである。

グッキーがもどってきた。

「なにも、本当になにもないよ！　ヒントも、シンボルもゼロ」

「だろうと思った。だが、シントロンならなにかを見つけられるかもしれない。結果が出るまで、ベオドゥと反対側を確認してくれ。なにかあるかもしれないからな」

「もう目が疲れたよ」イルトはぼやきながら、ふたたびヒント探しをはじめた。

ローダンはシントロンのデータを注視した。

解析はまだ終わっていないが、中間結果だけでも驚きに値《あた》いした。

技術のモザイクがしだいにひとつの絵を描きはじめた。

複合型遷移エンジンに、ベクトリング可能なハイパー空間航行を実現するための複雑なデバイスが組みこまれていた。つまりこの船は、ときおり通常空間にもどることなく、永遠にハイパー空間に滞在する性能をそなえているということだ。

ある程度予想していたとはいえ、それが確信に変わったことでローダンには最初の疑念が頭に浮かんだ。自身の経験から、どんな技術装置も時間とともに完成し、改善し、どんどん高性能になっていくことはわかっている。

そしていま、目の前にあるこのデバイスは、永遠の船を無限の時間、ハイパー空間に滞在させる性能をもつ。もしこれが、もうすこし大きくて、高性能で、しかるべき場所に設置されたら、ハイパー空間内に時空の泡を永続的に発生させられるのではないか。

つまりそこは通常の空間条件に支配されながらも、好きなだけ時間をすごせる場所だということだ。まず発見されることのない理想的なかくれ家ではないか。

この組みこみデバイスはずっと前に開発されていて、もとからここにあったのだろうか？　これが、見知らぬ者たちが〝永遠〟と、呼ぶものの答えなのか？

ローダンに呼ばれたとき、グッキーとベオドゥはなんの成果もないまま、まだヒントを探していた。

「だれがこの船をつくったのかという問いの答えは見つからなかった。いまのところ、この疑問はそれほど重要じゃない。いずれにせよ、連中はかなり高度な技術をもっていて、部分的にはわれわれを上まわっているようだ。このあたりの事情はそのうち明らかになるだろう」

「なにか見つかった？」ネズミ＝ビーバーがたずねた。が、すぐにさえぎった。「答えなくていいよ、そのことばっかり考えてるんだから。ブリーがなんというか見物だね」

「どういうことですか？」ベオドゥが割って入った。

「みんなに説明するから、それまで待ってくれ」ローダンがたのんだ。「グッキー、もどろう」

二回のテレポーテーションで、三名はキャビンに実体化できた。

仲間に報告するローダンには、立ち入り禁止区域への侵入とシントロンの使用が禍根をのこすことになるとは、知るよしもなかった。

永遠の船の回路が目をさました。

そして、またたく間に学習した。

4

　ザルガと遭遇してから、エヘエンザは恩のあるエイレーネとその仲間を注意深く観察するようになった。だが、不審な点は見つからなかった。グッキーと呼ばれる毛むくじゃらな小動物は、特殊な能力こそもっているが、疑わしい点はなにもない。

ペリー・ローダン自身も、慈善者との関係を否定したことも肯定したこともなかった。つまり、どちらの可能性ものこされているということだ。

　しかし、ザルガに植えつけられた疑いの種は、消えてなくならなかった。エイレーネはいまもエヘエンザの庇護者のつもりでいる。エヘエンザはそんなエイレーネのそばをはなれなかった。

　眺望ハッチの下にあるテーブルわきにペリー・ローダンとレジナルド・ブルはすわっていた。話しこみ、仮説を立て、その仮説をまた却下している。前触れもなくブルがたずねた。

「乗船したときに見た、あの変わったかたちの付属物をおぼえてますか?」ローダンがうなずくのを見て、ブルはつづけた。「あれがなんだったのか、ずっと考えてるんですが、いまだにわからなくて。どう思います？」

「わたしも考えてみたんだが、シントロンから得られたデータ、それから長さ八十メートル、幅四十メートル、厚さ二十五メートルというだいたいのサイズから見て、やはりなんらかの輸送用の接続装置としか思えない」

「つまり、船にのせるには大きすぎるなにかをこの装置でつかんで運ぶということか」

「そのとおりだ！　大きめの搭載艇、あるいは単純にべつの船をね。憶測にすぎないが、正しいと思う」

ブルはしばらくじっと考えこんでから、うなずいた。

「ええ、おそらく正解でしょう。それ以外に、おおいにかくされているあんなばかでかいものの使い道は考えられない。ところで、わたしにも立ち入り禁止区域を調べさせてもらいたいんですが。前回見つからなかったなにかが、わたしになら見つけられるかもしれない」

「そうは思えないが、やってみて損はないだろう」ローダンは笑みを浮かべた。「白状しろよ。本当はただ見てみたいんだろ」

「まあ、そういうことです」ブルが認めた。

グッキーがやってきて三つめの椅子にすわったことで、話題が変わった。エイレーネとコヴァル・インガードとエヘエンザがいる方向をちらと眺めてから、グッキーが小声で話しはじめた。

「よくないよ、うん、本当によくない」

　ローダンが眉をひそめた。

「なにがいいたいんだ、ちび。わかるように話してくれないか。わかることといえば、またきみが他人の頭のなかを散歩していることぐらいだ」

「たまたまだよ。まあ、いいけどさ。とにかく、エヘエンザはよくない」

　ローダンはグッキーを見つめ、すこし叱るようにいった。

「これまでは仲よくやってきたじゃないか」

「問題はザルガなんだよ。ぼくたちも出会ったあのトゥールスⅢ出身のベカッス」

「ああ、おぼえている。ザルガとエヘエンザにどんな関係があるんだ？　接点なんてなにもないだろう」

「残念だけど、そうでもないんだ」

「いったい、なんの話なんです？」ブルが割って入った。

　ローダンが、グッキーとベオドゥとともに船尾に向かっていたときに出会ったベカッスのことを説明した。

「そいつはわれわれのことを疑っていて、感謝のしるしとして奉仕する相手とは違うと考えている。そのことにグッキーが気づいたんだが、これはたいした問題ではない」そこまでいって、ネズミ＝ビーバーに問いかけた。「そうだな？」

「たぶんね。とにかく、そのザルガが偶然、居住区域をぶらぶらしていたエヘエンザに出くわしたんだ。すこしおしゃべりをして、エヘエンザの思考を読むかぎり、そのときにザルガが、ぼくたちが疑わしいとエヘエンザに吹きこんだみたい。そのおしゃべりがあってから、エヘエンザがぼくたちのことを、前とはまったく違う目で見るようになったんだ。ぼくたちのことをあまり信じなくなって、ぼくたちの正体のことばかりを考えている」

「うむ」ローダンはうなり、首を横に振った。「まあ、しょうがない。われわれの正体が何者でも、エイレーネに大きな恩があることはたしかなんだから、エヘエンザもそのことは忘れていないだろう」

「でも、ザルガはほかのベカッスにも疑いの種を植えるかもしれないよ。種が芽吹けば、目的地に到着するころには大きな問題になっているかも」

「それを防ぐ方法は？」

「ザルガを立ち入り禁止区域に連れていって、置き去りにしようよ。そうすれば、頭を冷やすんじゃない」

「そんなことをすれば、われわれのことをますます怪しむようになるぞ」ローダンはネズミ＝ビーバーの案を一瞬で却下した。「わたしは、ザルガのことは無視して、エヘエンザにもこれまでどおりに接するのが最善だと思う。いまのところ、直接のリスクはなさそうだからな」

「お好きにどうぞ。とにかく、警告はしたからね」

「そんなに怒るな。話してくれたことには感謝している。すこしようすを見てみよう」

「わかった。ぼくも探りをつづけるよ」

「待ってくれ」立ちあがろうとしたグッキーをローダンが引きとめた。「ブリーがタブーゾーンを見てみたいそうだ」

「いますぐ？」

「いや。だが、近いうちにたのむ。旅がいつ終わるか、わからないからな」

「じゃ、声をかけて」ネズミ＝ビーバーは同意した。「それまでもうすこし、思考を探ってみるよ」

「それが趣味だからな」ブルがグッキーにいってから、ローダンに顔を向けた。「で、どう思います？」

　ローダンはすこし考えこんでから、ベカッスの慈善者に対する畏怖の念はとても強いので、疑っている者が一名いたところでぐらついたりしないだろうから、あまり心配する必要はないと断じた。

これをもって、この話題は終わりを迎えた。

＊

だがザルガにとっては、まだなにも終わっていなかった。

これまでトゥールスで孤独に農業を営んでいただけのザルガは突然、巨大な陰謀を暴《あば》くことが自分の使命だと思うようになった。永遠の奉仕者だけでなく、伝説の慈善者に向けられた悪の陰謀を。

だが、証拠はまだなにひとつ見つかっていなかった。

船の居住区でおちつきなく行ったりきたりをくり返し、そのさいに船尾の立ち入り禁止区域にも近づいたが、新しい発見はなかった。

それでもとり憑《つ》かれたかのように捜索をつづけた。やめる気はなかった。よそ者たちと特別な関係にあるあのベカッスにもう一度会いたいと願ったが、その希望はかなわなかった。

肩を落として自室にもどると、同室のベカッスがとまり木にぶら下がって休んでいた。

ザルガはよそ者と二名の小柄な従者に出会ったことを話した。

「立ち入り禁止区域の近くにいた」だから疑わしいといいたかったのだが、意外な答えが返ってきた。

「きみもだろ！」

ぐうの音《ね》も出なかった。ザルガは数時間前から自分のことを駆け引き上手だと思いはじめていたが、そうではないことをあらためて思い知らされた。

「おれたちは船内を自由に動きまわれるんだぞ」反抗的にいい返した。

「慈善者もそうだろ」が答えだった。

だめだ、こいつを説得することはできない、ザルガは思った。黙りこんでキャビンを出ると、なにを探せばいいのかもわからないまま、ふたたびなにかを探しはじめた。

＊

同じころ、グッキーが興味深い発見をすることになる。ベッドに横たわって、とくにターゲットもなく、適当に思考をひろい読みしていたのだが、とくに興味を引く思考は見つからなかった。

エヘエンザは、大きく膨《ふく》らもうとする疑念を押しのけ、ザルガに妄信者のレッテルを貼ろうと悪戦苦闘していた。

ただし、エイレーネに対する感嘆と敬意はすこしばかり冷めつつあるようだ。

七百を超える膨大な数の、しかもかなり異質な思考がグッキーの頭に押しよせてきていた。グッキーはそれらをふるいにかけながら、そのなかのひとつに数秒間だけ意識を集中する。

すると、宝くじに当たるかのような幸運が訪れたのだ。

ありえない、とネズミ＝ビーバーは思い、その思考を手放さないように、いつにも増して集中した。

もう何年も前に、すでに一度永遠の奉仕者だった記憶をうっすらとのこしたベカッスの思考を見つけたのだ。

このベカッスの記憶も消されてはいたが、同じ船にふたたび乗ったことで、記憶の断片がよみがえったのだ。グッキーに理解できたところによると、そのベカッスは植民世界のひとつに最近移住したばかりで、その移住先からきていた。つまり、移住したおかげで二度めの選抜が可能になったのである。

当然、記憶はとぎれとぎれだったが、持ち前の推理力のおかげで、グッキーはある程度の情報を得ることができた。このベカッスの居所を突きとめて個人的に尋問するのはやめたほうがいいだろう。おそらく二回めの奉仕は認められていないため、見つかったとわかったときのショックで、かすかな記憶さえ完全に消えてしまう恐れがある。

だからグッキーはベッドで横たわったまま、超能力で探りを入れつづけるしかなかった。思考パターンをおぼえたので、必要なときにいつだって捕捉できる。

永遠の船の次の目的地はパウラII。このことはすでに知られていた。そこは本来の目的地である永遠にいたる最後の中継地。そのため、滞在時間はほかの世界よりも長くなるはずだ。

永遠の船が毎回同じ経路をたどるのかどうかはわからないが、そうではないと想定する理由は見つからなかった。

グッキーはパウラⅡ到着後になにが起こったのか、その情報が得られる瞬間を待ち望んだ。例のベカッスもまた、おぼろげな記憶の断片を懸命につなぎ合わせようとしていた。

パウラ星系から一・五光年ほどはなれた場所にブラックホールがある。このことは宇宙ハンザの記録からも確認できた。ベカッスは一瞬このブラックホールのことを考え、本当の目的地である〝永遠〟に結びつけた。

支離滅裂じゃないか、ネズミ＝ビーバーはがっかりした。強制労働者をブラックホールに送りこむとは思えなかったからだ。とはいえ、あのベカッスがブラックホールのことを思い出したのもたしかだ。もしかしたら、目的地のすぐ近くに重力漏斗《ろうと》かなにかがあるのか。だから、あんな連想を？

ネズミ＝ビーバーはさらにいくつかの情報を得たが、それらはさほど重要には思えなかった。つづきはまたこんどにしよう。

接続を断った。

＊

ローダンとブルは、グッキーがときおり自分を褒《ほ》め称えながら行なうくわしい報告にじっと聞き入った。

ローダンはグッキーの期待に応えた。

「きみはからだこそちいさいが本当に偉大だ。きみなしでは、わたしたちはなにもできないよ」

グッキーは照れくさそうに目を伏せた。

「ペリーのいうとおりだ」ブルも調子を合わせた。「おまえさんのずば抜けた才能がなければ、とっくの昔に路頭に迷っていただろう。すごいぞ、グッキー」

「ありがとう、ブリー。きみはすらすらとうそをつくけど……半分は本心だったね」

「心を読むのをやめられないのかよ」ブルは文句をいったが、顔は笑っていた。「とにかく、これで今後の計画を調整しやすくなった」

「つまり、パウラから目的地まではたった一・五光年ということだ」ローダンが指摘した。「そのあたりのことがもうすこしくわしくわかればよかったんだが、グッキー。ブラックホールといわれてもピンとこない。それが未知のなにかのエネルギー源として使われているとかなら話はべつだが」

「うーん」ブルはいぶかしげにうなったが、コメントはさしひかえた。

「もうすこしがんばってみるよ」そういって、ネズミ＝ビーバーは自分のベッドにもどっていった。からだを横たえ、目を閉じる。昼寝する口実ができたのがうれしかった。

「パウラⅡはベカッス族が入植して暮らしている」しばらくの沈黙のあと、ローダンが声に出していった。「イアン・ロングウィンがかれらとまだ接触していなければいいが。わたしたちの存在に気づけば、かれらは驚くだろう。船内にのこったほうがいいかもしれないな」

「ふむ」ブルはいつになく無口だった。

「きみのいうとおりかもしれないな」ローダンが皮肉をこめていった。「計画を立てるのにはまだ早い。それに、どうやらきみは、立ち入り禁止区域を調査する気をなくしたようだ」

　ブルはあわてて叫んだ。

「そんなことといってません。できればいますぐにでも……」そこまでいって、ネズミ＝ビーバーが横たわるベッドに目を向けた。「でも、グッキーが忙しいみたいなので」

「まだ時間はある。わたしは食べ物をとってくるとしよう。新しい話を聞いて、おなかがすいたよ」

「お供します」ブルが立ちあがった。

5

二時間後、レジナルド・ブルとグッキーが主通廊を船尾方向へ向かっていた。最後のキャビンがすぐ目の前にあった。そこまでだれにも出会わなかった。

「きみにもペリー以上の収穫は得られないさ」ネズミ＝ビーバーが悲観した。また立ち入り禁止区域に入ることに乗り気ではないのだ。どうもいやな予感がする。「でも、親友のたのみだから……」

「恩に着るよ」レジナルド・ブルが冷めた声でいった。「もうそろそろか？」

「あそこ、行きどまりの壁」

「見たところ平凡な壁だな」

「それが狙いなんだよ。テレポーターにしか入れない。とはいえ、かのすばらしい慈善者も完璧じゃないみたい。ぼくのような存在については、想定していなかったんだからね」

「想定できるやつなんていないさ」

グッキーは旧友にやさしくもあり、警告するようでもある視線を投げかけてから、その手を握った。

「二回ジャンプするよ、ブリー。まずは、おもしろいものはなにもない前室、それから全自動機器とエンジンの詰まった空間。いい？」

ブリーはすこし緊張した面持ちでうなずいた。

ネズミ＝ビーバーが意識を集中すると、ブルとともに霧散した。

二回めのテレポーテーションも無事に終わり、ブリーは装置の調査をはじめた。

グッキーは立ちすくんだ。なにかがおかしい。

でも、なにが……？

グッキーには、目隠し板の裏にかくされた技術的な装置をテレキネシスで調査し、場合によっては操作することも可能だった。実際、何度もやったことがある。

だが、今回ばかりは、不安な気持ちの原因を突きとめることができずにいた。

その点、ブルは気楽なものだ。なんの懸念もなくエンジンと付随システムを調べている。だが、ローダン以上の発見はなかったようだ。そもそも、新発見があるとはグッキーも予想していなかった。

「ブリー！　もどるよ！」

グッキーの甲高《かんだか》い声にブルは驚いた。

「いったいどうした？　なにがあったんだ？」

「わからないけど、なにかに見られているんだよ！　早くこっちにきて！」

そのとき、グッキーは全自動機器の左側に、ブルは機械室の奥のほうにいた。その距離は二十メートル。つまり、ふたりでテレポーテーションするのは無理なはずだ。

それなのに、テレポーテーションした。

ただしそのさい、ふたつの異なる方向からまばゆい光がふたりの侵入者にのびてきて、両者のからだを麻痺させた。同時に、ふたりは意識も失った。

そのあとのことはネズミ＝ビーバーにもレジナルド・ブルにもわからない。

なにが起こったのか、なぜ起こったのかも。

意識をとりもどしたとき、ふたりはかすみのヴェールの向こうに仲間たちの心配そうな顔を見た。

＊

ペリー・ローダンはエイレーネとコヴァル・インガードと話しこんでいた。エヘエンザは散歩をするといって、キャビンから出ていた。そして、最悪のタイミングでもどってきた。

くぐもった音とともに空気が揺れたかと思うと、グッキーとブルが手をつなぎもせずに床上数センチメートルの高さで実体化し、意識のないまま横たわったのだ。

ふたりが微動だにしないのを見て、ローダンがとっさに駆けよる。

身をかがめ、叫んだ。

「コヴァル、きてくれ！　ふたりとも意識がない。ベッドにのせるのを手伝ってくれ」

「なにがあったの？」エイレーネもやってきた。「いまのは同時テレポーテーションじゃなかった。ふたりとも、べつべつに実体化したわ」

「わからない」ローダンはひとことだけ発した。

エヘエンザはドアの近くで立ちすくんだ。ネズミ＝ビーバーにテレポーテーションする能力があって、そのさいにだれかを連れていけることはエヘエンザにもわかっていた。だが、エイレーネの言葉から、かれはついに真実を悟った。

この船自体が、ふたりを、ふたりがいるべき場所へ、つまりこのキャビンへ送り返したのだ。

「これが証拠だ！」エヘエンザはあえぎにも似た叫び声をあげた。「あなたがたは慈善者ではない。にせものだ。ザルガのいうとおりだ」

ブルとグッキーは気を失っているだけで、すぐにまた意識をとりもどすと確信したローダンは、エヘエンザにいい放った。

「われわれがいなければ、エイレーネの助けがなければ、きみは永遠の船には乗れなかったのだぞ。それを忘れるな。目的地に着いたときに、きみが密航者であることが明るみに出たら、困るのはきみのほうだ。きみと同じで、われわれも厄介ごとには巻きこまれたくはない」

「あなたがたは、本当は何者なのです？」

ローダンはエヘエンザに歩みより、目の前で足をとめた。

「それを知ってどうする？　とにかく、われわれがベカッスに対して悪意をもっているのではないことだけは信じてくれ。きみと同じで、われわれも永遠の秘密を知りたいのだと思っていてくれればいい」

エヘエンザは踵《きびす》を返し、とまり木を無視して、ベッドに横たわった。翼で顔をおおう。もうなにも聞きたくも見たくもない、そんな仕草だ。

すくなくとも、いまはなにも。

ブルとグッキーはゆっくりと意識をとりもどした。数分たって、ようやく起こった出来ごとを話せるほどの力をとりもどした。

「予感はしたんだ」ネズミ＝ビーバーがくり返した。「でも、手遅れだった。つまり、この船には効果的な自動警備システムがあるってこと。でも、どうしていまになって作動したんだろう」

「それよりも重要なのは、船がきみたちをどうやってここに送りとどけたのかという点だ」ローダンが考えこむようにいった。

「テレポーテーションでしょ」

「ああ、だがすこし違う。ブリーはテレポーターではないのに、きみとつながることなしに機械室で非実体化して、ここにもどってきたのだから、むしろ、フィクティヴ転送機に近い気がする。いずれにせよ、これでかくれんぼは終わりだ。今回のこれは警告。遅くとも、パウラIIに到着したときに、なんらかの動きがあるだろう。それまではなにもしてこないと思う。麻酔レーザーを使ったことからも、こちらを殺す気はないようだ」

エヘエンザは翼をたたみ、起きあがった。エイレーネに悲しみと失望の入り交じった視線を向ける。

「誤解しないで。わたしたちのことを神々や慈善者の末裔と思いこんだのは、ベカッスのほうよ。わたしたちがだましたわけじゃない」

「でも、誤解を解こうともしませんでした、エイレーネ」

「肯定も否定もしなかっただけよ」

エヘエンザは一瞬ためらったが、きっぱりといった。

「わたしはここを去ります。もう二度ともどりません。ここにいれば、わたしも罰せられることになりますから」

エイレーネは首を横に振り、つま先立ちになってエヘエンザの肩に手を置いた。「だれもあなたを罰しない。だれもあなたが密航者だとは気づかない。わたしたちも、絶対にいわない」

「そしてわたしも」エヘエンザが誓うようにいった。「だれにもあなたがたのことを話しません。でも、船がそのことに気づいてしまったのです」エヘエンザは入口まで宙を漂い、ドアを開け、もう一度振り返ってこういった。「さようなら。あなたがたはすばらしい友人でした。ですが、別れのときがきたようです……おそらく、永遠の。そしてエイレーネ、あなたにはとくに感謝しています」

エヘエンザは去っていった。

ドアが閉じた。

エイレーネはキャビンのすみにあった椅子に腰をおろした。

これが本当の別れだと感じながら。

*

ブルとネズミ＝ビーバーは力をとりもどし、ローダンとともに眺望ハッチの下のテーブルをかこんでいた。

「今後は」ローダンが真剣な表情でいった。「われわれの話すひとことひとことが、船の自動監視システムによって傍受され、記録されていると考えておいたほうがいい。つまり、いくつかの謎を解くという計画は、これでおじゃんだ」

「われわれに悪意はありません」ブリーが船に聞かせようとするかのようにいった。

「実際、われわれは行方不明になったイホ・トロトを探しているんですから」

「百パーセントではないが、そこにはなんらかの関連があると考えられる。パウラⅡでなにかがわかることを期待するよ」ローダンは宇宙空間へと目を向けた。ななめ前方で星がどんどん明るさを増していた。「あれがパウラかもしれない。《シマロン》と《ハーモニー》がわたしたちを待っているはずだ」

「だれかくるよ」グッキーが突然ささやいた。「ベカッスのだれか」

三人が見つめると、数秒後にドアが開いた。ひときわ背の高いベカッスが入室の許可をていねいにもとめた。ローダンが立ちあがり、迎え入れた。

「ようこそ。もうすぐ着陸することを伝えにきたのですね。たしか、パウラⅡ？」

翼をしっかりと閉じたそのベカッスはうなずいたが、さし出された椅子にはすわろうとしなかった。そして、苦しそうな声で話しはじめた。

「永遠の船がわたしに話しかけ、あなたがたに知らせをとどけるように命じたのです。あなたがたのことを友のように感じていましたので、指示を実行するのは心苦しいのですが、船の命令は絶対ですので」

「どのような命令を？」答えを予感しながらも、ローダンはたずねた。

ベカッスは明らかに困惑していた。

「パウラⅡに着陸したら、すぐに船を降りてください。そのあとのことは、わたしにもわかりません。船はなにもいいませんでした」そういいながら、まだ開いているドアへとあとずさりする。「これで任務ははたしました。すべてのベカッスの名において、あなたがたに幸運が訪れ、あらゆる誤解が解けることをお祈りしています。では、ごきげんよう。まもなく着陸です」

ドアが閉じた。

エイレーネがテーブルの三人にくわわった。

「船がベカッスに話したって、どういうこと？　父さん」

ローダンにもわからなかった。

「この船はどうやってブルとグッキーを密閉された船尾からここまで運んだんだ？　しかも非実体化したかたちで。相手は多くの点でわれわれをも上まわる、きわめて高度な技術をもつ種族だという考えに、みんなそろそろ慣れておいたほうがいい。なにしろこの船はもう何百年も前から、十を優に超える惑星から永遠の奉仕者を集めては、目的地へ連れていっているのだからな。船がベカッスに話しかけられるとしても、おかしな話ではない」

エイレーネがうなずいた。

「そのとおりね。で、これからどうするの？」

「着陸したら船を出る。ほかになにができる？」

「そのあとは？」

ここでもローダンには、はっきりとしたことはなにもわからなかった。

「いまのわたしはきみと同じぐらい無策だよ」

エイレーネはコヴァルのもとへともどっていった。

ブリーがなにかをいおうとすると、グッキーがさえぎった。

「しっ！　さあ、困った。エヘエンザが話しちゃったみたい」

「えっ？」と、ブルがいうやいなや、ドアが開いた。

いまだに故郷にはなかった無重力状態に慣れていないザルガが、力強い羽ばたきとともにキャビンに飛びこんできて、壁にぶつかった。床でぼうっとして、ベッドの脚につかまっている。

はるかにからだがちいさいベオドゥが駆けより、立ちあがろうとするザルガを支えようとしたが、逆に突き飛ばされてしまった。

「さあ、独演会がはじまるよ」グッキーがおもしろがっていった。

いつものようにグッキーのいうことは正しかった。

「この裏切り者め！」ザルガの声はかすれていた。心底激怒していた。「神々のきびしい罰がくだるだろうよ。おれにははじめからわかってたんだ。でも、だれも信じてくれなかった」そういいながら、ゆっくりと立ちあがった。「ほかの永遠の奉仕者らはおまえらのことをいまだに友だと思っているが……おれは違う！」

「きみの好きにすればいいよ」グッキーが寛容さをしめす。「で、いますぐここを出ていかないと、生まれてから最高の飛行を味わうことになるよ。自分の予想が当たったことをすなおによろこんで、ぼくたちのことはもうほっといてよ」

ザルガはゆっくりとドアに近づき、もうひとことなにかをいおうとしたが、考えなおしたのか、なにもいわずに出ていった。

「いまのあいつの」グッキーがいった。「考えたことに対しては、一発や二発殴っておいたほうがいいね」

「もういい。これ以上面倒を増やすな」ローダンがたしなめる。

船は通常空間にもどり、第二惑星への着陸飛行を開始した。

ローダンとその一行は全自動でコントロールされるそのようすを興味深く観察した。みすぼらしく見えるその惑星を周回している宇宙ステーションがひとつしかないことは、遠目でも明らかだった。

植生と風景はたしかにみすぼらしかったのだが、それ以外ではいくつかの大きめの集落もあったし、主要都市の外縁部には巨大な造船施設や宇宙港も見える。

永遠の船がパウラⅡに近づくにつれて、そこでつくられている数十隻のアンテナ船の骨格も見えてきた。すでに完成した宇宙船はすこしはなれた場所にある発射場に集められていた。

みじんの衝撃もなく、永遠の船が着陸した。

ローダンは立ちあがった。

「降りるぞ。この船がどれだけの時間、最後の奉仕者の乗船を待つのか、わからないからな」

グッキーはすわったままだ。

「数日だよ」と、いう。「二回めに奉仕することになるベカッスがうっすらと思い出したんだ」

「そうか。だがそれでもいますぐ降りるとしよう」ローダンが提案した。

急ぐのには大きな理由があった。

着陸の寸前に、見おぼえのあるものが見えたような気がしたからだ。

たしかめなければならない。

そして、もし予感が当たっているのなら、リスクをおかしてでもここまでやってきたかいがあったというものだ。

6

通廊を乗降ハッチへ向かって歩くローダン一行を見送る者はいない。

パウラⅡには呼吸可能な大気があるため、内と外のエアロックが両方とも開放されていた。

まだ船を出ていないのに、七名のベカッスが近づいてきた。グッキーによると、この惑星で乗船する新しい奉仕者だそうだ。かれらはていねいに挨拶して通り過ぎ、すでに船にいる者たちによって迎え入れられた。

ローダン一行と同時に、永遠での四年にまつわる記憶をすべて失った七名のベカッスが宇宙船を降りた。テラナーとアッタヴェンノクとイルトを無言のまま追い抜き、外で待っていた家族や友の歓迎を受けている。

ローダンは数歩進んだところで足をとめ、自分の立つ地面を凝視した。

ベトン舗装と考えてまちがいない。

つまり、最初の予想は的中した。

ペリー・ローダンはふたたびゆっくりと歩きはじめ、遠くにある建物へと向かった。やはり見おぼえがあるような気がする。

「要するに……」グッキーがなにかをいおうとしたが、ローダンはさえぎった。

「いや、まだわからない」

接待役のベカッスが数名近づいてきて、いつものように礼儀正しく敬意をもって挨拶した。船でなにが起こったのかを、かれらはまだ知らないのだろう。

そのほうが好都合だ、とローダンは思った。

ありがたいことに、接待係の代表者はローダンたちのことをいまだに、神々の末裔、慈善者、あるいは後見人とみなしていて、それ相応の宿泊施設を準備していた。賓客がどれほどの期間滞在するつもりかと問いかけてきたが、ローダンは答えなかった。

グッキーがいうには、永遠の船の出発まで四日あるようだ。

宇宙港のへりにある建物に近づくにつれて、ローダンのなかで、その建物を見たことがあるという気持ちが確信に変わっていった。この建築様式を見まちがうはずがない。

もはや疑いの余地はなかった。

その建物は、「わたしにつづけ、友よ！　わたしは過去の柱へつづく道にいる」と、宣言したときのイホ・トロトの背後にそびえていたものとまちがいなく同じだった。

ローダンは恒星リシュタルの第十一惑星イッサム＝ユで、トロトの姿とメッセージを記録したメモキューブを見つけたのだった。

「つまりは、トロトはここにいたってことだ」レジナルド・ブルがいった。「ですが、どこに雲隠れしたんでしょうね？　過去の柱って、どこにあるんでしょう？」

「あまり心配するな。われわれは重要な手がかりを見つけた。そしてこの手がかりが砂に沈んだり、ベトン舗装に埋もれたりする可能性はまずない。四日ある時間を有効に使おう」

「永遠の船にもどることはできないわよ」エイレーネが念を押すようにいった。

「いざとなったら、《シマロン》で追いかければいいさ」ブルがいったが、すぐにつけくわえた。「まあ、そんなにかんたんにいくとは思えないがね」

　出迎えのベカッスたちはローダン一行を造船所のある方角へ導き、着陸床のかなり端にならぶ大きめの建物のひとつにいざなった。見たところ、ゲストハウスと考えられた。そこには見知らぬ種族も宿泊していた。おそらくパウラⅡに立ちよった旅行者や商人だろう。

　ローダン一行には設備のととのった部屋がふたつあてがわれた。両部屋を隔てる壁にもドアがあった。ただし、ここにはいつものとまり木はなかった。そのかわりに、心地よいベッドと、トイレつきのバスルームがあった。

「悪くない」レジナルド・ブルがうれしそうにつぶやきながら、窓から外を眺めた。宇宙港と造船所が一望できる。右側の奥のほうの背景には、町の住居も見えた。「これで食べ物さえあれば、文句なしですね」

「わたしたちをここで飢え死にさせるつもりはないだろう」ほかの連中がそれぞれ緊張を解くなか、ブルをなぐさめながら、ローダンも窓ぎわに立った。「さて、トロトはまちがいなくここにきていた。問題は、それがいつだったのか、だ。メモキューブには日付が記録されていなかった」

主通廊に面した扉の横にそなえつけられていたスクリーンが点灯した。一ベカッスの顔がうつしだされる。

そのベカッスがいうには、ローダンたちは実際にゲストとしてあつかわれ、願いはすべてかなえられるそうだ。スクリーンのボタンを押すとロボットの召使いがやってきて、注文を聞いてくれる。そして最後にそのベカッスはゲストたちに快適な滞在を望んだ。

「待ってくれ！」スクリーンが消える直前、ローダンが叫んだ。「われわれが守るべき規則はあるのか？　それとも、施設や町を自由に動いてもいいのか？」

「もちろんですとも。あなたがたの望むものをすべてお見せできれば、光栄でございます」

そういうとベカッスがすぐにスクリーンから消えたので、ローダンにはほかの質問をする時間がなかった。

ブルはベッドに横たわった。

「ペリー、そのボタンを押してみましょうよ。ロボットになにができるのか、ためしてみたいんで」

ローダンはその提案にのり、ボタンを押してから、窓ぎわにあるまるいテーブルのわきに腰かけた。エイレーネとコヴァル・インガードも椅子にすわった。みんなどことなく緊張している。

ドアの上でライトが点滅した。ベッドにいたグッキーがテレキネシスでドアを開けた。

ロボットの召使いがスイートルームに入ってきた。

それを見たローダンとブルは言葉を失った。そのロボットはまちがいなく、宇宙的規模のカタストロフィよりも以前に宇宙ハンザが使っていたモデルだった。姿はヒューマノイドで、制服のようなものを着ていた。

「ご要望は？」すこし錆《さび》ついたインターコスモでたずねた。

グッキーが気をとりなおしていった。

「食べ物と飲み物」

食べ物に関する問題はすぐに解消できたが、飲み物に関してはロボットが化学組成の提示をもとめたので、ブルが四苦八苦して説明しなければならなかった。

ロボットが部屋を出るなり、ローダンが憶測を口にした。

「かなり古いものにちがいない。おそらく、パウラⅣのハンザ拠点から送られてきたのだろう」

「ここには」おちつきを取りもどしたエイレーネがいった。「ほかにどんな驚きがかくされているのかしらね」

「きっとたくさんあるだろうね」コヴァルが予想を口にした。

しばらくして運ばれてきた料理はどれもすばらしいできだった。ブルは注文したウィスキーをちびちびと楽しんだ。人工的に合成されたものであるにもかかわらず、それを飲んでいると、テラニアにあるバアを思い出した。

グッキーでさえ文句のひとつもこぼさなかった。なにを注文したかは、いうまでもない。

「おいしい！」グッキーは満足そうだ。「長期間滞在できないのが残念なくらいだよ」

ローダンは窓から外を眺めた。

「もうすぐ夜になる。すこし眠ってからだを休めよう。あすは忙しい日になるだろう。イホ・トロトはここにいた。なにかはわからないが、かれにつながる痕跡がきっと見つかる。イホ・トロトが下の着陸床に立ってメッセージをメモキューブに記録したのがわりと最近のことなら、かれのことをおぼえているベカッスがいるかもしれない」

あたりはまたたく間に暗くなった。

＊

翌朝、レジナルド・ブルはエイレーネとコヴァル・インガードとともに町に向かった。ゲストハウスの裏手に駐機していたフロアグライダーは自由に使うことができた。ブルが程度のよさそうな一機を選び、すでに搭載されていた模式図を参考にしながら、ビジネス町にある駐機場を目的地に設定し、エンジンを起動した。

そしてシートに身を預ける。

「小銭をもってきたか？」エイレーネに声をかけた。

「ここではすべてただよ」ローダンの娘がブルに返した。「それに、店を買い占めるつもりもないし」

ほとんど音もなく、グライダーは地上数センチメートルの高さを町へ向かって滑空した。

一方、グッキーとベオドゥはゲストハウスにのこり、ローダンは宣言どおり散歩に出た。

永遠の船はきのう着陸した場所にいまも停泊している。確信こそできなかったのだが、きのうの着陸のさい、完成したアンテナ船や未完成のアンテナ船に紛れて、まったく違う物体が見えたような気がした。ただし、遠くはなれていたので、くわしいことはわからなかったが。

だからきょう、こうして足を運んでいるのだ。

胸にあふれる最悪の予感をなんとか無視しようとする。その一方で、イホ・トロトのメモキューブには宇宙港のわきにある特殊な建築様式の建物だけでなく、ベカッスのアンテナ船もうつっていた。

あのハルト人はここにきていた。それはまちがいない。証拠は充分だ。

ローダンは恒星パウラの暖かな光を浴びながら着陸床の端に沿って造船所のほうへ歩いた。とめる者はいなかった。ローダンは誉れ高い客人とみなされていたので、同伴者ともども、それ相応の丁重なあつかいを受けた。

パウラⅡを訪問する者はすくない。ベカッスにしてみれば、何百年も変わらず同じタイプのアンテナ船だけをつくりつづけている造船所があることをのぞけば、さほど重要ではない辺境の惑星だ。最新のモデルを最古のモデルとくらべてもほとんど見分けがつかないだろう。ベカッスは遠い昔に見知らぬ慈善者から宇宙飛行の原則を教えてもらって以来、ほとんどなにも学ばなかったようだ。

停滞、ということか？

造船所から、ベカッスの一団がローダンのほうへやってきた。

夜勤もしくは早番を終えた労働者だろう。かれらはひらたいかたちをした建物に向かうようだ。おそらく食堂か宿泊施設なのだろう。

一ベカッスが集団をはなれ、ローダンへと向きを変えた。そしてていねいに挨拶する。

「パウラIIへようこそ」そういって、翼をしかと折りたたんだ。「わたしどもの世界はお気に召しましたでしょうか？　美しいと思いませんか？」

　ローダンはその友好的な言葉に応じた。

「まだあまり多くは見ていないのだが」と認め、造船所と停め置かれているアンテナ船のほうを指した。「どうやら、きみたちがこの星間帝国全体に宇宙船を供給しているようだな。本当にこんなにたくさん必要なのか、と思うほどだ」

　おそらく技術系で、従業員をひきいる立場にあると思えるそのベカッスは否定こそしなかったが、こう答えた。

「たしかに需要はすくないのですが、ある程度の予備があれば安心できます。エンジンがよく故障するので。それに、修理するよりも新しくつくるほうがかんたんですから」

　そういう見方もあるか、とローダンは驚いた。

「造船所と船を見学してもよろしいか？」

「もちろんですとも！　なんなら、ご案内いたしましょうか？」

　ローダンは丁重に断った。

「いいえ、けっこう。ひとりで大丈夫。こう見えても、造船や宇宙船にはくわしいので。

ゲストハウスにもどる道もわかる。あ、でも、ひとつだけたずねたいことが。ここに訪問してくる者は多いのか？ ほかの種族がやってくることは？」

「めったにありません。なぜそのようなことを？」

「じつは……古い知り合いを探していてね。とても知的な存在で、背がとても高く、目が四つある。たぶん、この星にもきたことがあると思うのだが。心当たりは？」

ベカッスはその瞬間心を閉ざしたように見えた。そして、こう答えた。

「いいえ、聞いたこともありません。仲間のもとにもどりますので、これで失礼します。どうぞ、ごゆっくり」

それ以上なにもいわずに、仲間たちのあとを追った。

ローダンはその集団がひらたいかたちをした建物に入っていくのを眺めながら考えた。

あのベカッスはなにかをかくしているのだろうか、それとも本当になにも知らないのか？ そそくさと退散したのは、どう考えても怪しい。だが、本当に時間がなかっただけなのかも。

グッキーを連れてくればよかった、とローダンは悔やんだ。だがあの怠け者はいまだにベッドでまるまって、降って湧いた休日を楽しんでいる。次は絶対に連れてこよう。ローダンは心に決めた。

そして、ふたたびゆっくりと歩きはじめた。

*

《シマロン》では、しばらく前からブルー族のヴェエ・ユィイ・リィが司令室で警戒の任に就いていた。といっても、することはあまりない。船はいまだに第一惑星を周回していて、時間の半分以上は探知機からも検出されない場所にいたからだ。それに、そもそも探知される心配などなかった。

ブルー族から任務を引き継ぐためにラランド・ミシュコムがやってきたとき、ある船がハイパー空間から姿をあらわしたと、シントロン探査機が告げた。

ヴェエ・ユィイ・リィが興奮して叫んだ。

「永遠の船だ！　ですよね、ララ？　ついにきたんだ。これからどうなると思います？　ローダンからの連絡方法は？　新しい指示が必要ですよね」

「まずはおちつきなさい」ラランドはたしなめ、細い指で黒髪をかきあげてから着席して操作を引き継いだ。「ローダンのほうから連絡してくるでしょう。永遠の船がすぐに出発するとも思えないし。わたしたちにできるのは待つことだけ」

「わかりました。ここをまかせてもいいですか？」

「そのためにきたのです。イアンもあとでわたしが起こします。まだ早いですから」

送り出していたミニスパイ機のおかげで、しばらくのあいだはラランドにも永遠の船が着陸するようすをスクリーンごしに眺めることができた。

だが、《シマロン》が第一惑星の裏側に入ったので、下船を命じられたローダン一行が船を降りる姿は見逃すことになった。

緊張を解いてシートにもたれかかり、のこりの仕事はシントロニクスにまかせる。

いまはペリー・ローダンからの連絡を待つしかない。

＊

パウラIIにいるベカッスは永遠の船で起こった出来ごとについてなにも聞かされていない、そうローダンは確信した。いっしょに船を降りた七名の永遠の奉仕者も口を閉ざしていたが、あるいはそもそもなにも知らなかったようだ。そうでなければ、ここでの歓待を、うやうやしいと呼べるほどのもてなしを、説明できない。

グロテスクなアンテナを生《は》やした船の一団がある場所にたどり着いて、ローダンは立ちどまった。宇宙船は支柱に支えられて垂直に立ちならんでいる。高さは三百メートル近くあるだろう。

目もくらむほどの高所で、ベカッスたちが最後の仕あげにいそしんでいた。かれらが布のような手を巧みに使うようすには感心させられる。

着陸の直前にローダンが建造中の宇宙船の群れのなかに垣間見《かいまみ》た、アンテナ船とは似ても似つかぬ物体は、ここにある船よりもちいさかった。ベカッスがつくったものではないと考えてまちがいないだろう。つまりは、別種族の船ということだ。

だが、見おぼえがある気がしてならない。いつ、どこで見たのかも心当たりがある。ただ、確証が得られなかった。

ゆっくりとした足どりで、アンテナ船の森をさまよう。迷いそうになりながらも、どのあたりにその物体があったかを懸命に思い出そうとした。だが、どこへ向かっても、足場や設備に視界をさえぎられ、進路変更を余儀なくされた。ベカッスたちとすれ違うこともあったが、たずねる気にはならなかった。よけいな疑いをかけられたくなかったからだ。

かれらにとって、慈善者は全知なのだ。

高層の建物を迂回すると、まだ横向きに置かれた状態の宇宙船の金属フレームが正面にあらわれ、その背後に……

あった！

ローダンの直感が正しかったことが証明された。

建造中のアンテナ船に紛れて、《ハルタ》がそびえ立っていた。

イホ・トロトの宇宙船が！

ローダンは一定の距離をおいてその船をつぶさに観察し、どこでどう支柱に固定されているかを記憶した。つやのない炭色の外装からは、その船がそこでどれだけの期間をすごしたのかはわからなかった。だが、いずれにせよ、ベカッスの手がくわえられたことはなかったようだ。足場こそ組まれているが、あれがスタートを食いとめられるとはとても思えない。

＊

なら、イホ・トロトはどこにいる？

《ハルタ》を使わずにパウラⅡを去ったのか？　それとも、いまだにこの惑星のどこかにいるのだろうか？

ローダンには、そうは思えなかった。

《ハルタ》船内に入れば、答えが見つかるかもしれない。

ベカッスが疑いはじめる前に、迅速にこの問題にケリをつけよう、ローダンはそう心に決めた。

ローダンはもう一度その船を眺めてから踵を返し、半時間後にはなにごともなくゲストハウスにもどった。

ブルとエイレーネとコヴァルはまだ町からもどっていなかった。

グッキーが顔をあげた。それまでベオドゥといっしょに、テーブルでなにかゲームをしていたようだ。すこし退屈しているように見える。

「有力な手がかりを見つけたんだね？」そういってローダンを出迎える。退屈はもう消し飛んだようだ。「イホはどうしていなくなったの？　自分の船を置いたまま？」

　ローダンは腰かけた。

「答えのない質問をしてることに、自分でも気づいているんだろ？　いまのところはまだ答えのない質問を」

「推測ぐらいできるでしょ。でも、きみのいうとおりだ。だれにも見つからないように、《ハルタ》に入りこむしかないね。イホはきっとなんらかのヒントをのこしているはずだよ。例のメモキューブみたいに」

「今夜決行だ」ローダンがいった。「町に向かった三人は？　コンタクトできているのか？」

　グッキーがうなずく。

「店でどれもこれも同じような商品を眺めて楽しんでるよ。いまちょうどバアみたいなところに入った」

「探りをつづけてくれ。ところで、《シマロン》とは接触してみたのか？」

「とぎれとぎれだけど、美しいララの思考は見つけたよ。《シマロン》は第一惑星の裏にいる時間が多いみたい。いまのところは問題なし。みんな、きみからの連絡を待っているよ」

「それはトロトの居場所を突きとめてからにしよう」

ベオドゥが咳ばらいをした。ゲームをつづけたいのだ。

グッキーは要求に応じた。

「わかったよ。でも、何度やってもきみに勝ち目はないよ」

「負けるのも楽しいですよ」

「じゃ、きみはまだまだたくさん楽しめるよ」

ローダンは立ちあがり、ロボットの召使いを呼んだ。

急に空腹を感じたのだ。

＊

あたりが暗くなりはじめたころ、三人が町からもどってきた。機嫌よく、その日の出来ごとを話しはじめる。かれらの機嫌を損ねないよう、ローダンは聞き役にまわった。

一方、グッキーにはそこまで配慮するつもりはないようだ。

十分ほどたったころに、おしゃべりに割って入った。

「そのまま話しつづけていると、きみたちは世紀のセンセーションを聞き逃してしまうよ」と、大げさにいう。三人は釣られて、興味津々になった。

レジナルド・ブルが眉間《みけん》にしわをよせる。

「センセーション……？」関心をくすぐられたようだ。「早くいえ、ちび！」

グッキーにかわってローダンが説明した。それをきっかけに、盛んな議論がはじまった。コヴァル・インガードはドラゴン革の衣服のしわをのばし、驚きの表情を見せた。

「イホ・トロトの船？　かれは船を置いてどこかへ向かったのですか？」

「ありえないわ！」エイレーネがいうと、みんな一様にうなずいた。

ローダンは、あたりが暗いうちにグッキーとともに《ハルタ》へ向かい、船内にテレポーテーションしてようすを探ると提案した。

「どう行動するかは、そのあとで決めよう」というひとことで、ひとまずこのテーマについては議論が終わった。

「《シマロン》との連絡は？」ブルが話題を変えた。「グッキーが探ったところ、きみの船に異状はない」

「あとでだ」が、それに対する返事だった。

一行はしっかりと食事をしたのち、からだを休めることにした。

だが、ローダンだけはからだを横たえたまま眠れずにいた。

答えの見つかっていない疑問がたくさんあった。トロトはベカッスのもとでなにをしたのか。なぜ自分の船を置いて去っていったのか。謎に満ちた過去の柱はどう関係してくるのか。そもそも関係しているのか。

真夜中ごろ、がまんができなくなった。

しずかに寝息を立てているネズミ＝ビーバーを起こす。

グッキーはすぐに目をさました。

「ジャンプミスをしている余裕はないからね。ときどき方向を確認しながら行くんで、短い距離で何度かジャンプすることになるよ。それに夜勤のベカッスもいるから、二重の用心が必要だし」

仲間たちを起こさないように注意しながら、グッキーとローダンはスイートルームを去り、造船所の近くにあるすでに完成した船と船のあいだで再実体化した。

「向こうのホールだ」ローダンがささやきながらその方角を指した。「あの向こうに《ハルタ》がある」

グッキーはうなずき、その方角を見た。

完璧なジャンプだった！　ふたりはベカッスの宇宙船の陰、トロトの船からわずか二メートルはなれた地点に立っていた。あたりのようすを探る。いくつかのスポットライトの下で、労働者の一団が忙しそうに部品を組み立てたり運んだりしていた。

「距離は充分だね」グッキーがささやき、テレキネシスで《ハルタ》の内側を探った。

「中央司令室がよさそうだよ。そこならうまく狙えそう」

ローダンはうなずく。

もう一度、向こうの労働者に目をやってから、ふたりは非実体化し、ほぼ同時に《ハルタ》の司令室に移動した。すぐに明かりがともった。

ローダンはグッキーから手を放し、周囲を見まわした。最近だれかがそこにいたことをしめす痕跡はなく、制御機器のすべてがオフになっていた。この船は、だれの搭乗もないまま、数カ月、数年、それどころか数十年ここにあったのかもしれない。

ハルト人に対する敬意のあらわれだ。

テラナーのローダンはトロトの私室も慎重に調べたが、手がかりはなにひとつとして見つからなかった。ラボも、もうかなりの時間使われていないように見えた。

がっかりしたローダンは司令室へもどり、テラナーなら三人ほどすわれそうなほど巨大な成型シートを見つめた。

「これに乗って飛んでいっちゃえばいいんじゃない」と、グッキーがひとつの可能性として提案した。「船をとりにきたとき、トロトはびっくりするだろうね」

ローダンは頭を横に振り、シートに腰かけた。

ローダンでは軽すぎて、シートはかたちを変えてくれない。

つまり、次のことが起こったのは、ローダンの体重が引き金になったわけではない、ということだ。

ローダンの横、司令室の中央に突然、ほんものと見まがうほどに精巧なイホ・トロトの立体投影像が浮かびあがったのだ。まるで生き写しで、像のすぐそばにいたグッキーは驚きの声をあげて三メートル飛び退いたほどだ。

まるで、テレポーテーションしたトロトが司令室内で再実体化したかのようだった。

ローダンとネズミ＝ビーバーがショックから立ちなおるひまもなく、ハルト人の声が司令室に鳴り響いた。投影像が話しているように聞こえる。

「きみはけっして死んでいないと、ずっと信じていたよ、ローダノス。きみには、きみがもう生きていないと宇宙に思いこませたい理由があったのだろう。わたしは、メモキューブに記録されている最初のメッセージをくり返す。わたしは過去の柱へ向かっている。ベカッスたちを迎え入れる永遠の船に乗って。わたしのたどった道をきみもたどりたまえ。そうすれば、わたしを見つけられるだろう」

＊

最後の言葉を発している途中で映像は色を失い、消えた。

グッキーがほっと息をついてから近づいてきた。シートの横で立ちどまる。ローダンはいまだにイホ・トロトの映像が立っていた場所をじっと見つめていた。

「永遠の船で旅立ったのか……」ローダンは困惑した。「なら、どうやってあとを追えばいい？　実質上、われわれは船から追い出されてしまった。また乗せてくれるとは、とてもじゃないが思えない。とはいえ、トロトがパウラIIにいないことはわかった」

「自分の船を置きっぱなしにして行っちゃうなんて」グッキーがハルト人を責めるようにいった。「過去の柱……？　いったいなんなんだよ！」

「いまは議論をやめて、ひとまずゲストハウスへもどろう。あす、ゆっくりと次のステップについて考えればいいさ。きみが例のベカッスから察知した思考の解釈が正しければ、永遠の船が出発するのはあさってなんだから」

「そのことはかんたんにたしかめられるよ。あいつの思考パターンはわかってるから、あすもう一度接触してみるよ。あのベカッスが目前に迫ったスタートのことを考えないなんてことは、ありえないでしょ」

「わかった！　そうと決まれば、急いでここを出よう」

スイートルームで実体化したとき、レジナルド・ブルが寝ぼけまなこでベッドから降りてきて、またすぐにベッドにもどった。

そして三秒たってから目をさました。

「行ってたのですか？　収穫は？」

「あった。トロトがメッセージをのこしていた。だが、その話は朝になってからだ。みんで話し合おう。それまで夢のつづきを見ていてくれ」

ブルは鼻を鳴らし、からだを横たえ、すぐに眠りに落ちた。

「変なの」ネズミ＝ビーバーがコンビネーションを脱ぎながらつぶやいた。「好奇心いっぱいの頭で眠ることができるなんて。ぼかあできないね」

「できるだろ！」ローダンはベッドに横たわって伸びをしてから小声でいった。「きみは心が読めるので、質問する必要がないんだから。じゃ、明朝また！」

「あんまり早く起こさないでよ！」

ローダンは暗闇に向かってほほえみかけたかと思うと、すぐに深く健やかな眠りに落ちた。

すべての問題は、朝まであとまわしだ。

7

朝食をとりながら、ローダンは昨夜の出来ごとについてくわしく報告した。ただし、みんなの率直な意見を聞くために、自分の考えや憶測を述べるのはひとまずさしひかえた。

「いずれにせよ」締めの言葉としてつけくわえた。「イホ・トロトが永遠の船に乗ったことと、船から追い出されなかったことはたしかだ。乗船できなかったのなら、立体メッセージは違うものになっていたはずだからな。過去の柱とはなにか、トロトがそれについてなにを知っているのか、まだわからない。この柱が船の目的地、つまり永遠と呼ばれるどこかとどう関係しているのかも不明なままだ。われわれはトロトを追う。問題は、その方法だ」

「《シマロン》を使いましょう」コヴァル・インガードがいった。

「そうかんたんにはいかない」レジナルド・ブルが異を唱えた。もとはといえば、《シマロン》はブルの船で、その技術的な意味での性能をほかのだれよりも熟知していたからだ。「だが、グッキーが察知した情報から、その永遠とやらはここから一・五光年はなれたところにあるブラックホールと関係していることはなんとなくわかっている。それに、ブラックホールの存在は宇宙ハンザの記録によっても確認されているからな。直接そこへ飛んで待ったほうが、話が早いのでは？」

「ブラックホールは危険よ」エイレーネが異議を唱えた。

「このブラックホールはほかとは違う気がします」と、コヴァルはいって、エイレーネの心配を和らげようとした。「でも、たとえそうだとしても、《シマロン》で先まわりするというのは、得策ではないと思います」

「なぜだ？」ブルがたずねた。「それがいちばんかんたんだろ」

「そのとおり！　かんたんすぎるんです」

結論の出ないまま、議論はつづいた。そして一時間がたったころ、ありがたくない驚きがもたらされた。

＊

「ベカッスがドアの前にいるよ。ぼくたちと話したいみたいだ」訪問者を察知してグッキーがいった。

ローダンがドアに視線を送るやいなや、ちいさなスクリーンが点灯した。一ベカッスの顔がうつしだされる。音声接続もオンになった。

「親愛なるゲストのみなさま、入室を許可してください。お話ししたいことがあるのです」

「どうぞ！」気さくさをよそおってレジナルド・ブルが叫んだ。「もちろん大歓迎だ」

ベカッスはスイートルームに足を踏み入れ、背後でドアが閉じるまでじっと待った。礼をいい、勧められた椅子にぎこちなく腰をおろす。

「なにか用かな？」ローダンはたずね、答えを待たずにつづけた。「きみはきっと特別な役職にあるのだろう。では、この場を借りて、きみたちのおもてなしに感謝の言葉を述べさせていただきたい。残念ながら、われわれは二日後にはここを去らねばならないので」

いつものように相手の思考を読んでいたグッキーの顔に緊張が走った。

急いでローダンに目配せをする。

ベカッスは自己紹介をした。

「わたしはゲサール。パウラIIの港湾長で、ここの世界の住民代表でもあります。われわれはあなたがたを大切なゲストとしてお迎えいたしましたが、ひとつ問題が生じました。見すごすわけにはいかない問題が。永遠の奉仕者の一名が船を降りて、わたしに話したいことがあると訴えてきました。そして、あなたがたに関して、耳を疑うような話をしたのです。それについてたしかめたいことがあり、ここへきたわけです」

「いつから、永遠の奉仕者が自由に船を降りられるようになったのだ？」ローダンは頭を整理する時間を稼ぐために質問した。「目的地についたときにのみ、下船が認められているはずだが」

「例外もあるのです。そして今回がその例外なのでしょう。でなければ、船を出る許可があたえられるはずがないのですから。そして、例外的に下船が認められたという事実があるからこそ、わたしもこの問題に対処しなければならないのです。その奉仕者の話では、あなたがたは慈善者ではなく、不当な理由で永遠の船に乗ったそうですが」

「そのような主張をするベカッスの名は？」

「トゥールスⅢで選抜されたザルガという者です」

開拓者の星からきたあの農夫には引き下がる気がないようだ。ローダンとその一行が船から追い出されたのを見ていたというのに、それだけでは満足できなかったのだろう。

「そのザルガと話せるか？」

「すでに船にもどりました」港湾長は咳ばらいのような仕草をした。「問題が解決するまで、宿をはなれないようにしていただきたいのですが」

「どうやって解決するつもりか」事態は厄介な方向へ進み、さらなる問題が生じることが予想できたが、それでもローダンはていねいに問いかけた。「われわれの言葉とザルガの主張は食い違っている。ふつうの永遠の奉仕者には、慈善者あるいは後援者とほかの種族を見分けることはできないはずだ」

「では、あなたがたはなぜ船を降りなければならなかったのですか？」

「自動装置の故障だろう。理由はそのうちわかるはずだ」

ベカッスはしばらく黙りこんだあと、こうつづけた。

「それは可能性としてはありえますが、あくまで可能性でしかありません。残念ながら、港湾長のわたしでさえ、永遠の船のなかに入ってザルガに会うことは許されないのです。そして、ザルガの主張が正しく、あなたがたが船にもどることができないとしたら、あらたな問題が生じます。ここにいるあなたがたをどうすればいいのか、という問題です」

「その問題はこちらで対処する」ローダンが約束した。どう対処するのかは、遅かれ早かれ、ベカッスたちは知ることになるのだから。「われわれの船の一隻が近くを航行中で、そのときがきたら迎えにきてもらおう」

ゲサールはまったく驚いていないようだ。

「やはり、あの探知情報は正しかったのですね。すぐに見失ってしまいましたが、ふたつの物体を短時間だけ探知していたのです。正体不明の船があらわれたということは、あなたがたにとって有利にはなりませんが」

「だが、不利にもならないだろう」

ベカッスは立ちあがった。ドアが開いたとき、もう一度振り返った。

「問題は解明されていませんので、状況ははじめのままです。あなたがたはゲストであり、自由に行動していただいてかまいません。ただし、わたしの部下をつねにあなたがたの近くに配置しておきます。あなたがたを守るためです」

ベカッスが去ると、ドアが閉じた。

しばらくのあいだ、だれも言葉を発しなかった。チェスでいえば引き分けだ。でも、グッキーにがまんの限界がきた。

「あのザルガってやつは、自分をなにさまだと思ってるんだ！　あの魔法の船にテレポーテーションして、一発お見舞いしてやろうか？」

ローダンは首を横に振った。

「よけいなことはするな、ちび。そんなことをしても、状況が悪化するだけだ。それよりも、二度めの旅をしている例のベカッスの心を読んでくれ。出港がいつなのか、正確な情報が知りたい」

「それが本人もよくわかっていないんだよ」どうしようもないといった表情で、ネズミ＝ビーバーが不満そうに漏らした。「おそらく、あさっての夜。それまでどうする？」

エイレーネが冷静にいった。

「朝食がだいなしだわ。ねえ、もう一度ちゃんと食事をしましょう」

「賛成！」レジナルド・ブルがよろこびの声をあげた。「もちろん、ドリンクも！」

ローダンはあきらめたかのようにうなずいた。

*

その日はとくになにごともなく暮れていった。ベカッスたちの態度に変化があるかを確認するために、一行は二手に分かれて宿を出た。グッキーは、気は進まなかったが、エイレーネとコヴァルとベオドゥといっしょに町へ出た。一方、ローダンとブルは宿の近くにとどまった。そして偶然をよそおってまたも造船所に足を踏み入れた。

港湾長の宣言にもかかわらず、監視の姿は見当たらなかった。

造船所では日勤のシフト労働者が、とくにあわてるようすもなく、いつもどおりに働いていた。まるで、この星ではほかにすることがないからアンテナ船を建造しているかのようだ。

ふたりはのんびりとホールを徘徊し、イホ・トロトの船が見えるあたりで足をとめた。

「《ハルタ》！」ブルがまるで敬《うやま》うかのようにささやいた。「本当だったんだ」

「おい！　まさかわたしの言葉を疑っていたんじゃないだろうな、ブリー」

「もちろん違いますよ。《ハルタ》、すばらしい船だ。これに乗ってずらかることもできますね」

　ローダンはブルをじっと見つめた。

「わたしもそう考えてはみたが、だが、いまのこの状況じゃ、ベカッスがそれを黙って見すごすことはないだろう。なにしろ、わたしたちはいろいろと疑われているのだからね。かれらにはなにも証明できないだろうが、疑惑は疑惑だ」

「ですが、さっさと出発してしまえば、だれにもとめられやしないでしょう。夜中にこっそり乗りこんで……スタートってなぐあいで。動かし方はわかってるんですから」

「問題はそこじゃない。わたしたちの宿は、昼よりも夜のほうが厳重に監視されると思うんだ」

　ブルはにやりと笑った。

「そんなときのために、グッキーがいるのでは？」

「たしかに」ローダンは納得した。「とにかく、みんなと相談してみよう」

　通りかかった労働者たちは挨拶するだけで、それ以上の関心をしめさなかった。港湾長のゲサールは少数のベカッスにしか疑惑について話さなかったようだ。賢い一手だといえる。疑う理由が見つからなかった場合、自分の立場があやうくなるだろうからだ。

　宿へもどる途中、ふたりが永遠の船の近くを通ったのは、けっして偶然ではない。船は重力衝撃フィールド上に水平に停止していた。ベトン舗装の着陸床に接しているのは、輸送用の接続装置の下端のみだ。

「エネルギー斜路が出てきた。だれかが船を降りるようだ」

一名のベカッスが姿をあらわし、用心深く周囲に目を配ったが、ペリー・ローダンとレジナルド・ブルには気づかなかった。

三歩、四歩と斜路を下り、また立ちどまってあたりを見まわした。

「ザルガですかね？」ローダンとともにある小屋の背後に身をかくしたブルがいった。

「その可能性はある。船がザルガにあらたな任務をあたえたのかもしれない。いまここにグッキーがいないのは残念だが、声をかけてみよう。かれがうそをついても、それを見破る術はわたしたちにはないのだが」

「それでもやってみましょう！」

ふたりは物陰から出て、そのベカッスに近づき、立ちはだかった。ベカッスはふたりに気づいて驚いたようだ。

「きみはザルガか？」ローダンが中立的な口調でたずねた。

ベカッスは一瞬ためらったのち、肯定した。

「わたしはザルガです。港湾長に出発の日時を伝えるという任を受けたのです」

「それはうそだ」ブルがなじるようにいった。「前回のように、またわれわれのことをチクるつもりだろう。そうはさせないぞ」

それを聞いて、こんどはベカッスのほうが態度を変え、傲慢になった。

「そうはさせない？　船はあんたらを無許可の侵入者とみなした。船は絶対にまちがわない」

ベカッスのいうことは正しいのだが、テラナーのほうもそうかんたんに引き下がるわけにはいかない。じつは、ローダンにはすでにある考えが頭にあった。

「本当にそうかな」ローダンが反論した。「船はすでにまちがいをおかしている。トゥールスⅢで二十四名の選抜者を船に乗せたときだ。きみもその一名だ」ローダンはグッキーがザルガの思考から読みとった内容を思い出したのだ。「きみたちは資格がないのに船に乗った。つまり、もう一度いうぞ、船はまちがえたんだ」

ザルガは一歩あとずさり、船におびえた目を向けた。

「この船がまちがうわけがない！」というが、さっきほどの確信はないようだ。

ローダンがとぎれた糸を紡《つむ》ぎはじめた。へたなことをいわないように、ブルは口を閉ざした。

「トゥールスⅢでの試験のことを思い出してみろ、ザルガ。きみもその結果には驚いた。違うか？　驚いたか、驚かなかったか、はっきりといってみろ！」

「わたしが……試験のあとで考えたことを、そのときの気持ちを、どうして知っている？」

その問いに、答えは返ってこなかった。

「理由はどうでもいい。永遠に到着するまでに、船はトゥールスⅢでのまちがいに気づいて、二十四名全員を追い出すだろう。競争の敗者が慈善者のための永遠の奉仕者として選抜されるなんて、あってはならないことだ。この出来ごとには、非常に深刻な結果がともなうだろう」

ベカッスは黙ったまま動かなくなった。ローダンはさらに大きな武器を引っ張り出した。

「わたしは、このきわめて重要なメッセージをたずさえて、永遠の船にふたたび乗ることもできる。そして、乗船したら、出発する前に船がそのメッセージを受けとり、なんらかの対処をすることになるだろう。宇宙の真空ではなくてパウラⅡで追い出されたほうが快適なので、きみも助かるだろう」

ここにきて、ようやくザルガにもおびえが見えはじめた。あとずさりするが、ブルに退路をさえぎられる。

「答えてくれ。きょうはなんの目的があって港湾長に会いに行くつもりだった？」

ローダンが同じ問いを三回くり返してようやく、ザルガが重い口を開いた。

「さっきもいったように、出発の日時を知らせに」

「それだけ？」

「ああ」

「よし、なら、われわれに教えてくれ。これからゲサールに会いに行くから。きみは船にもどって、ゆっくりしていればいい。そうしてくれたら、わたしたちもトゥールスⅢの二十四名の選抜者についてはなにもしないと約束しよう」

ザルガはとまどったが、ブルににらまれていることに気づいて、腹をくくったようだ。

「きょうの真夜中。出発が前倒しになって」

あとでグッキーに確認してもらおう、そう考えて、ローダンはいった。

「わかった、ザルガ。船にもどってくれ！」

斜路が格納され、ハッチが閉じた。それを見とどけてから、ふたりは宿に向かった。

「はったりが上手ですね」船から充分はなれたところでブルがいった。

ローダンは笑みをこぼした。

「新しい厄介ごとを避けるには、ああするしかなかった」

「新しい厄介ごと？　いったい、どういう意味で？」

ふたりはゆっくりとした足どりで着陸床を横断してゲストハウスへ向かった。へたに急ぐと怪しまれるかもしれない。

「ザルガがいった出発時刻が本当かどうか、グッキーにたしかめてもらおう。グッキーはすでにザルガの思考パターンを知っているから、見つけるのも容易だろう。やつはうそをついたか、あるいはまだなにかをかくしている気がする。もしかすると、こちらにとっては好都合なことに、船からパウラⅡのベカッスと接触するなというあらたな命令を受けたか、あるいは接触できない理由が伝えられたのかもしれない」

宿舎の入口前で、港湾長が待っていた。

「またあいつかよ」ブルが小声でぼやいた。

「わたしが話す」ローダンも小声で応じた。「きみはカッとなりやすいからな。われわれは心やさしい慈善者の子孫なんだぞ、そのことを忘れるなよ」

「心やさしい子孫ね」ブリーが怒りをかみ殺すようにいったが、顔はほほえんでいた。ゲサールのほうから近づいてきたからだ。

「造船所を見学なさったのですね」ゲサールにはお見通しだった。「ご満足いただけたことと存じます」

「すばらしい仕事ぶりだった」ローダンが褒めた。「ベカッスの船団は数が多く、技術的にも高いレベルにある。造船所の奥に見知らぬ船があったことには驚いたが。乗組員はどこにいるのかな？　会えれば、うれしいのだが」

ゲサールはすこしたじろいだようだ。しばらくして、こう告白した。

「わたしたちは伝え聞いた話しか知りません。正確でも、完全でもない物語です。わたしの知るかぎりでは、船内にはひとりしかいなかったそうです。わたしどもよりも大きく、四本の腕をもつ巨体だったと聞いております。当時ここに着陸した永遠の船に乗りこみ、二度と帰ってこなかったと信じられています」

「当時……？　それはいつの話だろうか？」

「もう何百年も前のことでしょう。くわしくは知りません」ゲサールがしびれを切らしてくり返した。「ですが、船に受け入れられたということは、そのかたがわたしどもに宇宙飛行をあたえてくれたかたがたとなんらかのつながりがあったということなのでしょう」

「そのとおりだ」ローダンにはゲサールの予想が気にいった。

「おうかがいしたいことが」ゲサールがいった。「永遠の奉仕者が一名、船から出てきてあなたがたと話したのちにまた船にもどったのが見えたのですが、いったい、かれはなにをしにきたのでしょう？」

　ローダンは一瞬で答えを思いついた。

「過ちをおかしたことに気づいて、謝りにきたのだ。すべてはただの誤解だった、と。それだけだ」

　ゲサールはその説明を信じてもいいものかどうか悩んだようだが、結局は受け入れることにしたようだ。

「船ではなく、あのベカッスがまちがった？」自分にいい聞かせるようにいった。

「そういうことでしょう」ローダンは曖昧な態度をつづける。

「では、みなさまは船におもどりに？」

「おそらく」

疑いは晴れなかったが、ゲサールはこれまでゲストをかくれた場所から見守っていた監視役を引きあげると約束した。そして、のこった滞在時間が有意義になるよう願い、別れの言葉を告げてから、力強いうしろ脚で飛びあがり、エレガントな滑空を披露しながら去っていった。

「やれやれだ！」ブルが緊張を解いた。

「しかし、やつをみごとにまるめこみましたね」

「ブリーよ、わたしがうそつきだとでもいいたいのか？　誤解とかちょっとした勘違いはよくあることじゃないか」

部屋に着くまで、ブルのにやにやがとまらなかった。

ほかの四人はまだ町にいるようだ。

＊

午後遅く、四人がもどってきて、ローダンから最新の知らせを聞いた。グッキーにザルガの思考パターンがすぐに見つけられたのは、この地に到着したときローダンたちに船からの退去命令を伝えにきた老ベカッスと、たまたまかれが話していたからだろう。

　みんながじっと待つなか、グッキーが緊張を解いてほっと息をついた。

「どうだった？」沈黙を破ったのはブルだ。

　ネズミ＝ビーバーは驚くほどおちついていた。

「本当だよ！　船の出発は現地時間の午前〇時。この時間が三度確認されて、そのうえぼくたちを船に乗せないという船からの指令が、老ベカッスにあらたに出ていた。あの出しゃばりのザルガがもう一回ゲサール港湾長と話そうとしたけど、あの年よりのベカッスが下船許可をあたえなかったんだ。なんとしてでも、トラブルは避けたかったんだろうね」

「賢いご老体だな」ローダンがいった。

「ザルガの皮をはいでやりたいよ」グッキーはここでもおさえがたい願望を漏らしたが、今回も却下された。

「真夜中か！　で、どうします？」コヴァル・インガードが横でいつになく無口なエイレーネに視線を向けながらいった。「《シマロン》で永遠の船に張りつきますか？」

　ローダンが顔をぐっとあげて、考えこむ。

　ネズミ＝ビーバーが咳ばらいをした。

「待って、待って！」グッキーがローダンに向けていった。そして、しらじらしいほどのそしらぬ表情をつくって、ベッドに横たわった。「わかったよ。もう力は使わない。でも、これだけはいわせて。そんなアイデアは、ぼくにもすぐには思いつかなかったよ」

「アイデアって？」レジナルド・ブルがたずねた。

ローダンは笑みをこぼしたが、一秒か二秒でまた真剣な表情にもどった。

「コヴァルのおかげで思いついたんだ」と、すなおに認めた。「これ以上にすぐれた方法は思いつかない」

「わたしですか？」コヴァル・インガードは驚いた。「どうしてです？　わたしは《シマロン》といっただけで、なにも提案していませんが」

「張りつくっていったじゃないか」ローダンが興奮気味に指摘した。「それだよ。ただし、《シマロン》は使わない。もし、永遠の船からはなれてしまったら、永遠とかいう謎の目的地には絶対にたどり着けない気がする」

「もうなにがなんだか」ブルがしぶしぶ白状した。

「まあ、そうあわてるな、友よ。すぐにわかるさ。みんな、永遠の船の底に巨大な輸送用の接続装置があったのをおぼえているだろ。せっかくあるんだから、使わなきゃもったいない。あの装置につながっているものはすべて、船といっしょに移動する。ハイパー空間をこえることもできる。ここまでは異論ないな？」

議論はすぐに終わった。途中、いくつかの反対意見も出たが、すべて論破された。いずれにせよ、ローダンの考えを否定する材料はだれにも見つけられなかった。最終的に、その計画は実行する価値があると、全員が認めた。

「《シマロン》ではなく」ローダンが締めくくった。「《ハルタ》だ。トロトの船は、あの調節可能な輸送用の接続装置に完全にフィットする大きさだ。永遠の船にしっかりと結びつければ、最終目的地にたどり着けるだろう……」

「……全自動システムが妨害してこなければ、の話ですが」ブルはいまだに納得していなかったが、次の言葉で説得された。

「わたしの記憶が正しければ、《ハルタ》は強力な拘束フィールドをそなえている」ローダンが最後の疑念を払拭《ふっしょく》した。「つまり、永遠の船の全自動システムに完全に依存しているわけではない。さて、そういうことだから、そろそろ軌道上にいる仲間の二隻に連絡しよう」

「パウラIの軌道上だね」それまでめずらしく口を閉ざしていたイルトが情報を足した。「イアンは中央司令室で退屈してるよ。ぼくたちがいまだに永遠の船に乗ってると思ってる」

ローダンが幅広の多機能ベルトにある無線機を作動させた。

三回めの試みで、ようやく接続が確立した。外はすでに暗くなっていた。ロボットの召使いが豪勢な食事と、さらにいくつかの予備食を運んできた。たとえそれがなくても、トロトの船には何百年分もの保存食があるはずなので、問題はないだろう。ヴェエ・ユィイ・リィも《シマロン》の中央司令室にいたが、それでもイアン・ロングウィンをインターカムごしに呼び出した。

「やっとだ！」イアンはいい、ぼそっとつけ足した。「いったいどこにいるんです？」

ローダンは両船の状況と《シマロン》が通信の途絶えるパウラIの裏側にふたたび入るまでの時間をたずねてから、これまでのいきさつを説明した。そしてイアンに、《ハルタ》で永遠の船にドッキングする計画を明かした。

「計画どおりにことが運べばいいのだが。技術的にも、物理的にも、問題はないはずだが、絶対にたしかだともいえない。とはいえ、ほかに方法がないのも事実だ。わたしたちが把握している宇宙ハンザの記録から、そのブラックホールにはいまのところ危険はないと考えられる。永遠の船の最終目的地は、その近くのどこかだろう。だが、憶測について話し合っている余裕はない」

イアンは驚くほどあっさりと新しい情報を消化し、むだな質問は避けた。問い返したのは、次の一点だけだ。

「で、われわれ、《シマロン》と《ハーモニー》はなにをすれば？」

ローダンは一瞬ためらったあと、こういった。

「イアン、その判断はきみたちにまかせる。だが、提案するとすれば、しばらくしてからパウラ星系を出てわれわれを追い、ブラックホールの近くで待機していてもらいたい。こちらから接触を試みるので、すべての探知機を作動させておいてくれ。いまのところ、その先の計画は立てられない。非常時には、またここまでもどって、待っていればいい。ここの星系は、はぐれたときの待ち合わせ場所として最適だ」

「そうならないことを願いますよ」イアンは楽観的なようだ。「イホ・トロトはどこで見つかるんでしょうかね」

「永遠でだろう」ローダンがいった。

それに対して、だれもなにもいわなかった。

《シマロン》がふたたび惑星の裏に入った。

8

日が暮れてくるまで、張り詰めた緊張のなかで午後ののこりの時間がしずかにすぎていった。町で歩き疲れたエイレーネはベッドに横たわって眠っていた。ほかのメンバーは声をひそめて、自分たちの今後についておしゃべりした。

ひとつ残念だったのは、ネズミ＝ビーバーも、ときおりうめき声をあげてはいたが、深い眠りについてしまったことだ。夜のテレポーテーションのために力を蓄えておきたいのだろう。

だがやはり、グッキーの能力にたよれないのは痛かった。

というのも、永遠の船の内部で、ちょっとした異変が生じつつあったからだ。

ベカッスのザルガは、ペリー・ローダンとレジナルド・ブルのせいでプライドが傷つけられたと感じていた。このままやりすごすわけにはいかない。だからこの出来ごとについて、船内の永遠の奉仕者の代表者でもあるあの年老いたベカッスに、恥を忍んで報告したのだ。

「ゲサール港湾長に伝えるべきです」といい張って、もう一度下船する許可をもとめる。

「よそ者がこれ以上の問題を起こさないように、港湾長に対処してもらわねばなりません」

「問題を起こす？」老ベカッスは問い返した。「かれらにいったいなにができるというのです？　すでに船から降りて、パウラⅡにいるのだよ。それに、たとえ船が二度めの許可を出してあなたが外に出られたとしても、またすぐにかれらに足どめされてしまうだろう」

「わたしはこの船と慈善者のことだけを思っているのです」ザルガはトゥールスⅢでの試験のことを船に報告するといったローダンの脅しを思い出した。「ですから、わたしのかわりにほかの者にメッセージを託してはどうでしょうか。わたしたちは永遠のためにつくすのです。ですから、永遠を守ることも、わたしたちのつとめであると考えます」

老ベカッスはすこし考えてからいった。

「その方法は？」

ザルガはすぐに答えを見つけた。

「エヘエンザというベカッスが連中といっしょに乗船して、同室ですごしていました。もとは友だったようですが、船によってかれらの正体が暴かれたことで、袂《たもと》を分かったのです。エヘエンザなら、みずからの過ちを正すために、ゲサールに報告するという役割を立派にこなしてくれると思います」

今回、老ベカッスは長く考えこんだ。むずかしい決断だった。だが、もし船が前回の連絡が失敗に終わったことを知れば、きっと二回めの下船も許すと思えた。

「やってみよう」熟考の末、老ベカッスはいった。「エヘエンザ、だな？」

「そうです。よそ者が去ったあと、またあのキャビンへもどりました。わたしが話しましょうか？」

「待ちなさい。まずは船から許可を得ることだ」

ザルガはそれで納得した。

あのこしゃくなよそ者どもを見逃すわけにはいかない！

長い時間が過ぎ、ようやく老ベカッスが船尾からもどってきた。おちつきなく腰をおろし、ザルガを見つめる。

「船はエヘエンザに下船を許可した。だが、出発時間の変更はないので、エヘエンザは余裕をもって真夜中までに船にもどっていなければならない。エヘエンザに、パウラIIのベカッスの代表者によそ者について報告することが、かれにとっても、われわれの全員にとっても、死活問題であると説得するのは、きみの役目だ。前回はうまくいかなかった。今回が最後のチャンスだぞ」

「かならずつとめをはたします」ザルガは約束し、エヘエンザのもとへ向かった。

*

エヘエンザは、友とみなしていた者たちから受けた失望からいまだに回復できずにいた。とくにエイレーネを失ったことが、心に深い傷となった。本当に好きだったのに、エイレーネは詐欺師だった。ほかの連中といっしょに去っていった。

ザルガが入室の許可をもとめたとき、エヘエンザは怒りをおぼえた。好きにはなれないが、だまされていることを教えてくれたのはザルガだ。

だから、入室を許可した。

「話すことはありません」エヘエンザはいい放った。

「いや、あります」ザルガがすぐに反論し、腰をおろした。

「なんのことです？」

ザルガは、できるだけ説得力のある言葉を選ぶことにつとめた。

「船はいま、問題をかかえています。そして、われわれは船と慈善者に奉仕するためにここにいる」

問題とは一名よぶんな乗客がいることか、とエヘエンザは自分のことを考え、だれもそれに気づかないでくれと願った。

「そのとおりです」とだけ答えたエヘエンザは、ザルガの次の言葉に身がまえた。

「すでに一度、パウラⅡのベカッスに警告を伝えたのだが、うまく伝わらなかったようです。そこで船が、慈善者からの……いや神からの命令をこの惑星の港湾長に伝える許可をくださったのです。そして、きみがその役目に選ばれた」

エヘエンザは驚いた。よりによって許可なく永遠の奉仕者になろうとしている自分が伝達係に選ばれたからだ。それはつまり、船は全知ではないということか。心のなかで安堵がひろがった。

「わたしはなにをすればいいのです？」

ザルガは長々と説明したが、前回自分が船を降りようとして失敗したことは伝えなかった。

「ゲサール港湾長は着陸床わきのゲストハウスの横にある大きな建物にいます。船によるあらたな調査が行なわれ、よそ者たちが詐欺師であることが確認されたとだけ伝えればいい。船がいつかもどってくるまで、かれらを厳重な監視下に置くこと。それだけです」

「わかりました」かつての友を裏切るのは汚い気がしたが、エヘエンザにはほかの選択肢はのこされていなかった。「いつ？」

「いますぐです！　準備ができたら、船が降ろしてくれる」

だが、ほんのすこしの疑念ものこった。

「ザルガ、どうしてわたしなのですか？」

「きみがほかのだれよりもかれらと親しかったからでしょう。だから船はこの役目にきみを選んだ」

エヘエンザの疑念が大きくなった。全知であるはずの船が、これほど大きな見落としをするだろうか？　もし船もまちがうことがあるのなら、ローダンたちに対する判断もまちがえているのかもしれない……。

この思いが決め手になった。

「わかりました、ザルガ。すぐに準備をして出口に向かいます」

「ああ、待っています」ザルガがいってキャビンを出ていった。

ひとりのこされたエヘエンザは、疑いを振りはらうことができなかった。意を決して立ちあがり、キャビンを出て、出口へと向かう。エアロックが自動で開き、ランプウェイも自動でのびた。ザルガが幸運を祈ると、エアロックがふたたび閉じた。

エヘエンザは着陸床上で一瞬たじろいでから、周辺にある建物を眺めた。左のほうには造船所が見えた。

あたりがすでに暗くなりはじめていたので、短いジャンプをくり返して、ザルガが説明した建物へと急いだ。

だが、その建物の前に立ったとき、動きがとまった。これまで潜在意識の奥深くで眠っていた疑念の数々が、いっきにわきあがってあふれだしたのだ。

かれらは自分を助けてくれた。みんな、そしてとくにエィレーネは本当の友だった。

それなのに、いまこうしてかれらを裏切ろうとしている。

「わたしの正体を見破っていない船は、かれらの正体も見誤っている」心のなかでつぶやいた。このままゲサールに警告しなくても、おそらくだれも気づかないだろう。気づかれたとしても、そのころには自分はすでに永遠で奉仕しているはずだ。四年というのは長い時間だ。それまでに、すべては忘れ去られているだろう。

「やめだ！」今回は声に出していった。「できない！」

船にもどろうとしたとき、背後から声が聞こえた

「なにができないのです？」

エヘエンザは振り返った。

港湾長のゲサールが立っていた。

「どうしました？」答えを急かす。「いえないのですか？」

エヘエンザは窮地におちいった。なんらかの接触を試みる、あるいはメッセージを伝えるなど、特別な理由がないかぎり、下船が認められることはない。そのことはゲサールも知っているはずだ。そして自分は船を降りてここにいる。

エヘエンザには、ほかにどうしようもなかった。

心苦しかったが、次回引きとりにくるまでよそ者を監視下に置けという船の決断を伝えた。

「やはりそうでしたか！」ゲサールは失望をかくしていった。「すでにそうする命を受けていたのですが、あの連中がなにかのまちがいだと訴えてきましたので。ですが、いまこうしてあなたが……」

ゲサールはそこで言葉をのんだ。

「わたしはもう船にもどってもよろしいでしょうか？」

ゲサールはうなずいた。

「お申しつけを実行すると、船にお伝えください」

エヘエンザはなにかいおうとしたが、結局なにもいわずに永遠の船のほうへもどっていった。それを見送りながら、ゲサールは夕闇のなかに消えた。

そのときである。グッキーが目をさまし、自分ではなにもしていないのに、強力な念を傍受した。

それがだれからきたのかはすぐにわかった。

エヘエンザだ！

＊

ローダンが見ている前で、ベッドにいたネズミ＝ビーバーが突然起きあがり、硬直した。その表情から、うれしい驚きでないことはたしかだ。ローダンに手招きをする。

「なにがあった？」ローダンはたずね、グッキーのベッドの端に腰かけた。「なにか察知したのか？」

「うん、エヘエンザ。港湾長と話をしていた。ぼくたちを、いわば逮捕するように、船が命じたって。ちょっと待ってて。エヘエンザと話してくるから」

「気をつけろ！　だれにも見られるなよ」

「ぼくを見るのはエヘエンザだけだよ。良心の痛みでいまにも死にそうになってるよ」

それ以上なにもいわずに、グッキーは消えた。

位置は正確に察知できていたので、グッキーは永遠の船から百メートルほどはなれた地点で、エヘエンザの目の前に姿をあらわした。

エヘエンザは立ちすくみ、イルトをおびえに満ちたまなざしで見つめた。

「きみは……？」

エヘエンザが口にできたのはそれだけだ。しかも自分の言語で。だが、それでもグッキーには理解できた。

「楽しそうなことをしてるじゃないか、エヘエンザ！　ぼくたちを懲《こ》らしめろって、本当に船が命じたのかい？」

「ええ……いえ、実際にはザルガがわたしにそうしろと。でも、船が、つまり慈善者が認めたので。わたしはやりたくなかったのですが、あの港湾長が……」

「うん、わかってる。だからぼくがこうしてきたのさ。きみはなにも悪いことをしていない、エヘエンザ。それに、後悔していることもわかってる。だからこうしよう。ぜんぶ忘れて。きみはゲサールと話さなかった。いい？」

　あまりの急展開に、エヘエンザはなにも答えられなかった。翼を力なく垂らしている。自分がやったことを後悔している証《あかし》だ。

「どういうことですか？」ようやく口を開いた。

「いま起こったことを忘れようといってるのさ。きみはベカッスとしてあたりまえのことをしただけ。ほら、船にもどりなよ。でないと、置いていかれちゃうよ」

「出発は真夜中です」エヘエンザは思わず漏らしてしまい、あわてて口を閉ざして船へと急いだ。

　エアロックが開いた。

　グッキーが非実体化したかと思うと、一瞬でみんなが待つゲストハウスにもどり、いまの会話を報告した。

ローダンはうなずいた。

「よくやった、ちび。やはり午前○時までしか時間がないということだ。急ぐとしよう。ほら、スクリーンを見てみろ。またゲサールがわたしたちを拘束しにきたぞ」

港湾長は簡潔に伝えた。

「お気の毒ですが、新しい命令があるまで、ここのふたつの部屋から出ないでください。そういう申しつけですので」

「船からの？」

「ええ。今回は、わたしも無視するわけにはいきません。ロボットがあなたがたの面倒を見ます。しかし、ドアの前に監視役を置くことになります。また、ドアには施錠いたします。あす、またようすを見にきます」

ゲサールはブルをにらんでから去っていった。

「ご親切なこって」レジナルド・ブルがぼそっとつぶやいた。

電子錠が閉まった。

それまで立っていたローダンがすわった。

「で、どうするの？」エイレーネがたずねる。

「計画どおりですよね」と、コヴァル・インガードがしずかに答えた。「テレポーテーションでここからジャンプして《ハルタ》を占拠する。ベカッスたちは気づかないでしょう。わたしたちとイホ・トロトの船を失って、港湾長は頭をかかえるでしょうがね」

「ちょっと考えたんだが」というローダンの声は濁っていた。「エイレーネ、きみとコヴァルはグッキーに《シマロン》に運んでもらえばいい。これできみたちに危険はおよばない。ブルの船なのだから、検知できる位置にあれば問題なくテレポーテーションできるはずだ。それから……」

「父さん、やめて」エイレーネがさえぎった。「わたしの答えはこうよ。だめ！　いっしょに行く」

「だが、考えてもみろ！」

「そんな気はないわ！　みんなといっしょに行く、この話はおしまい！」

ブルとローダンは見つめ合い、あきらめた表情を見せた。

「あんたの娘ですよ、ペリー！」

「そして、彼女が正しい！」グッキーがベッドからいった。

「だれもわたしの味方をしてくれないのか？」ローダンは部屋を行ったりきたりしてから立ちどまった。「無理強いするつもりはない」娘とコヴァルに話しかける。「だが、きみたちの安全を思っての提案なんだ」

「わたしたちのためを思ってくれていることはわかってる」エイレーネがおだやかな口調でいった。「でも、考えを変えるつもりはないわ。それで、いつ行動をはじめるの？」

ローダンはため息をつき、腰をおろした。

「深夜〇時の半時間前まで待つ。そこからはいっきに行くぞ。きょうも夜勤の連中が《ハルタ》の近くでは作業をしていないといいのだが」

「ドアの前に見張りがふたりいるよ」ネズミ＝ビーバーが話題を変えた。「あすの朝、だれもいないことに気づいたら、びっくりするだろうね」

「あと三時間か」と、ブルがいい、窓から外を眺める。すでに暗くなっていた。「そして四時間後には、すべてうまくいったかどうかがわかる」

「そのころにはもうハイパー空間だろう」そういいながら、ローダンは自分の予言が正しいことを願った。

＊

グッキーは三度テレポーテーションした。一回めでローダンとブルを、次にベオドゥとエイレーネを《ハルタ》に運び、最後にコヴァルを連れてきた。

「近くにベカッスはいないよ」グッキーはいった。「みんな、向こうの大きな組立工場で働いているみたい。付近には警備も見当たらなかった」

「順調だな」ローダンがブルにうなずきかける。「あとは、最後の瞬間に永遠の船を出し抜くだけだ。全自動システムが、ドッキングの試みに気づくだろうが、なんらかの対処をしてくるかどうかはわからない」

「やってみるしかないでしょう」と、ブルは応じ、操縦系統をもう一度チェックした。「《ハルタ》をあれに向けて飛ばす。問題ありません。次に、接触するとすぐに、あのドッキング装置がひとりでに稼働するはずだ。しなければ、グッキーがテレキネシスで作動させる。それから《ハルタ》の拘束フィールドを展開する。以上ですね！」

　足に伝わるかすかな振動から、エンジンが動いたことがわかった。船がそっと地面をはなれる。そして大昔の飛行船のように、音もなくゆっくりと滑り出し、林立するアンテナ船のあいだを抜けて、ひろい着陸床に出た。

　永遠の船は暗闇に紛れていたが、いくつかの眺望ハッチから漏れる光が目印になってくれた。

「ついてるぞ」緊張した面持ちでローダンがつぶやく。「正体不明の慈善者らが超高性能な全自動システムにたよりっぱなしなのは、こちらにとっても好都合だ。もし警告シールドがあったら、接近にとっくに気づいていただろう。ありがたいことに、連中は自信過剰なようだ」

「まだわかりませんよ」ブルがつぶやき、操縦に集中した。「あと二十メートル」

　永遠の船の全自動システムがなにかを察知した気配はなかった。《ハルタ》は同船の輸送用の接続装置に接近し、開いたドッキング用の固定器に一センチまた一センチと近よった。グッキーがほんのすこしのきっかけをあたえただけで、固定器は《ハルタ》をかかえこむように閉じた。

ブルとローダンが安堵のため息を洩らす。だが、この大胆な作戦はまだ最後まで終わったわけではない。予定に変更がなければ、永遠の船の出発まで、あと四分ある。緊急時には即座にこの輸送用の接続装置からはなれる必要があるため、いまの時点で拘束フィールドを作動させるわけにはいかない。グッキーはすべてうまくいくことを願った。あの強大なドッキング用の固定器をまたもとの位置にもどせる自信がなかったからだ。

エイレーネとコヴァルとベオドゥは中央司令室の奥にある多目的ルームにいた。そこからは外のようすがよく見えたため、インターカムを使って状況を逐一報告する。

「うまくいきそうですね」ブルが満足げにいった。「あと一分です」

「よし、拘束フィールド展開」

数秒後、《ハルタ》は永遠の船と完全に結びついた。これで永遠の船から《ハルタ》を振りほどくことはできない。いざというときには、《ハルタ》のほうがドッキング装置を機械的に破壊することになる。

それからの数秒が永遠に感じられた。

　この数日に起こった出来ごとの数々が、ローダンの頭をよぎった。本当の謎の解明には一歩も近づけなかったことを認めざるをえない。それどころか、あらたな疑問が増えるばかりだ。

　しかし、ついにハルト人の痕跡を、明らかな痕跡を見つけた。イホ・トロトのメッセージと船を発見したいまとなっては、もう疑いの余地はない。

　イホ・トロトの船は何百年という非常に漠然とした時間、パウラⅡの着陸床に立っていたらしい。そのあいだに、なにが起きたのだろう。

　過去の柱とは、いわゆる永遠と同じものなのか？

　遅かれ早かれ、すべての疑問に答えが見つかるはずだ。

「心やさしい慈善者の時計が遅れていなければ」レジナルド・ブルがしずかにいった。

「あと十秒」

　ほとんど揺れもなく、永遠の船は衝撃フィールドをはなれ、ゆっくりと上昇した。

《ハルタ》とともに。

　そして速度をあげ、ものすごい勢いで加速した。

　ローダンが満足そうにブルに視線を送る。

「いまのところ順調だ」

　ブルは黙ってうなずいた。

パウラIIがどんどんちいさくなっていった。

「成功ですね？」コヴァルが司令室の奥の多目的ルームからたずねた。

「ああ……ハイパー空間に入ったらな」ローダンが応答した。

ほかの船に操縦権を握られているのは気にいらなかったが、この作戦を思いついたことには満足していた。

その瞬間、なんの前触れもなく、遷移が行なわれた。

一瞬だけ遷移痛が走ったが、すぐに過ぎ去った。

かたく結ばれた二隻の船は、見知らぬ目的地へ向かってハイパー空間を飛行した。

ブルが立ちあがった。

「みんなのところへ行ってきます。おなかもすいてますので」

ローダンとグッキーは中央司令室にのこった。

ふたりは黙ったままスクリーンを見あげ、あまり経験のないハイパー空間を横切る遷移飛行を楽しんだ。

どこかで待ち受ける永遠に向かって。

巨人の洞窟

クルト・マール

登場人物

ペリー・ローダン…………………銀河系船団最高指揮官
レジナルド・ブル（ブリー）……《シマロン》指揮官
グッキー……………………………ネズミ＝ビーバー
エイレーネ…………………………ローダンの娘
コヴァル・インガード……………惑星ブガクリスの〝蛮人〟
ベオドゥ……………………………アッタヴェンノク
エヘエンザ…………………………ベカッス。永遠の奉仕者
タヴロオス…………………………同。エヘエンザの上官
ロングンアタアン…………………宇宙ステーション〝永遠〟の司令官
ラカルドーン………………………ナック。ロングンアタアンの配下

1

その画像には見おぼえがあった。どこかで目にしたことがある。だが、記憶は曖昧《あいまい》で、どこで見たのか思い出せない。はじめて気づいたのは、パウラ星系への飛行中だった。光り輝く広大な星間ガス雲の画像に五つの恒星が散らばっている。そのひとつは、ベテルギュース型の赤色巨星だ。そのイオン化ガスの霧のかたちや大きさを見ていると、故郷銀河で見えるオリオン星雲を思い出す。もっと遠くから眺めると、パウラ星系の恒星が六つめの星として仲間入りをして、これら六つの恒星が不規則なかたちをした六角形を描くのだろう。ペリー・ローダンはそう考えた。なぜだか、それが重要なことのように思えた。だが、どうしてそう思うのか、いくら記憶をたどっても答えは見つからなかった。

《ハルタ》の船首近くにある司令室はしずまりかえっていた。ペリー・ローダンは自分よりもはるかに大きなからだ向けにつくられていたシートに腰かけ、できるだけくつろごうとした。《ハルタ》は永遠の船にドッキングしていた。永遠の船は〝神々〟のために労働を捧げる栄誉を授かった選り抜きのベカッスを運んでいる。目的地の名は〝永遠〟。だが、その名がなにを意味しているのか、だれも知らなかった。永遠の船は二時間ほど前にパウラ星系を出発し、すぐに遷移を行なった。そして、いまから数分前にその遷移飛行を終えていた。イホ・トロトの声で話す《ハルタ》の船載コンピュータは、出発から現在地までの距離を一・五光年と計算した。それほど近くに目的地があったのか？　〝永遠〟は、七百年以上前に宇宙ハンザが大きな関心を向けた場所と同じものを指しているのだろうか？

船首がとらえた映像に、星間物質でできたまぶしく輝く帯のようなものがうつしだされている。《ハルタ》をかかえた永遠の船はその霧の壁に向かって飛行をつづけていた。その輝くなにかはそれほど大きくはない。「経度幅」はおよそ二十度、厚さはそう、伸ばした腕で立てた小指の長さにも満たないだろう。

「タラヴァトス、あれはなんだ？」ローダンがたずねた。

船載コンピュータはすでに永遠の船が遷移状態に入ってから数分後に起動し、パウラIIの宇宙港で乗船してきたローダンたちにイホ・トロトの立体映像を投影したのは自分だと名乗っていた。ただし、トロトがのこしたメッセージについて説明することは拒んだ。また、ローダンとグッキーが《ハルタ》の船内にテレポーテーションしてあらわれたとき、なぜすぐに声をかけてこなかったのか、という問いにも答えなかった。

そのコンピュータは礼儀正しく、知性に富み、くわえてイホ・トロトの声で話したので、ペリー・ローダンはすぐに親しみをおぼえた。〝タラヴァト〟というハルト語の単語には、〝人望のある〟、〝誉れ高い〟、あるいは〝尊厳に満ちた〟という意味がある。そのコンピュータは〝タラヴァトス〟と呼ばれることを受け入れ、その見返りとして、ローダンのことを〝ローダノス〟と呼んだ。

「イオン化されたガスの集まりです」と、コンピュータはローダンの問いかけに答えた。「このガスはかなりの速さで移動しており、降着円盤とみなしてよいと思われます。内容も規模も乏しい円盤です。この付近は星がすくなく、円盤の背後にひそんでいるブラックホールには、物質を抽出できる近傍天体がありません」

ペリー・ローダンは奇怪なベカッス族について調べようとしたときに《シマロン》のシントロン・メモリーで見つけたデータを思い出した。およそ七百年前、宇宙ハンザははじめてベカッスに接触し、惑星カッスバンに使節団を置いた。この使節団はのちに撤退した。カッスバンからさほど遠くないパウラ星系の第四惑星には観測基地が設置されていた。《シマロン》のシントロンが二次データと三次データ用のメモリーから発掘した資料には、パウラ星系のすぐ近くに巨大なブラックホールが存在すると、たしかに記されていた。データはわずかでくわしくはわからなかったが、なんらかの理由で宇宙ハンザはこのブラックホールに多大な関心をよせていたようだ。

そうこうするうちに、霧の帯がひろがっていた。永遠の船は遷移こそ終えたが、まだかなりのスピードをたもっていたのだろう。

「われわれの針路ベクトルは？」ローダンがたずねた。

「ローダノス、このままでは降着円盤に飛びこむでしょう」船載コンピュータが答えた。

「永遠の船は事象の地平線を通り抜けるのか？」

「そのようです」

そうなのだろう、とローダンは考えた。永遠はブラックホールの内側にあるのだ。

＊

時間がとまった。降着円盤の渦を巻くガスに飛びこんだ永遠の船は、円盤と同じ速度を得た。輝く霧が凍りついたように見えた。永遠の船が輝く霞《かすみ》の深みへと沈んでいくにつれて、景色がゆっくりと変わっていった。

タラヴァトスが最後に言葉を発してから、半時間が過ぎていた。最初、ペリー・ローダンは永遠の船との結合から《ハルタ》を解放しようかと考えた。ブラックホールの内部は危険だ。その中心は、太陽質量の何倍にも相当する恒星の崩壊によって生じたゼロ体積の特異点で構成されている。特異点からひろがる重力があまりに強いため、時空が球状にゆがみ、殻のようにブラックホールをつつみこんでいた。ある意味、ブラックホールはみずからのまわりに独自の微小宇宙を生み出しているといえる。球殻を通り抜けられるのは重力子だけだ。重力子は量子重力理論の不確定性原理の働きにより、周囲が完全に閉じた時空のゆがみの外で発生することができた。ブラックホールが外の宇宙に対してみずからの存在をアピールする方法は、重力だけにかぎられていた。物質と電磁波は事象の地平線をこえるやいなや、永遠に失われる。それらはすさまじい重力に永遠に囚《とら》われることになるのだ。

ペリー・ローダンには、科学的に証明された自然法則ではもはや逃れることができないとされているそのような罠に、《ハルタ》ともどもおちいるつもりは毛頭なかった。だが、たったひとつの理由から、《ハルタ》を方向転換させる気にもなれなかった。永遠の船はもう何度もこの旅をくり返してきている。つまり、永遠の船にはブラックホールから脱出するための仕組みが備わっているということだ。その仕組みを利用すれば、《ハルタ》もまた、ブラックホールを抜け出せるにちがいない。

この道を進むことに、イホ・トロトはなんのためらいもおぼえなかったのだろう。ブラックホールから脱出できると、確信していたはずだ。過去の柱とは、なんのことだろう？　事象の地平線の内側にあるのだろうか？　いったい、なんのために？

タラヴァトスが《ハルタ》に備わるすべてのフィールド・バリアを起動した。船外では想像を絶する強さで電磁嵐が吹き荒れていた。渦巻くイオン化ガスの塊りにブラックホールの高速回転する電磁フィールドが作用して、ある種の宇宙的な発電機ができあがっていた。その出力は地球の太陽の何百倍にも相当する。バリアに炎がひろがった。スクリーンに明々と燃え輝くカラフルなシャワーがひろがった。主要エンジンがエネルプシからメタグラヴに改造されている船が細かに振動しはじめた。ブーンという高い音が聞こえている。

「こんなにうるさくちゃ、だれも寝られやしませんよ」司令室の入口から、不機嫌そうな声が聞こえてきた。

ペリー・ローダンは振り返った。レジナルド・ブルが入ってくる。服装は乱れ、短い藁《わら》のような髪もぐしゃぐしゃだ。振動音で目をさまし、その原因を探しながら、身なりをととのえることもなくここまでやってきたのだろう。ローダンが腰かけているシートの肘かけ部分がちょうど肩の高さにあったので、ブルはそこによりかかった。そして平然とした顔で、スクリーンにうつしだされる極彩色の花火を眺めた。騒音がさらに大きくなった。床の震えがブーツの底を通じて伝わってくる。防御バリアの最外層の稼働率が八十パーセントに達したとタラヴァトスが報告した。

「これがブラックホールなんですか？」ブルがいった。

「そうだ」ローダンが応じる。

「七百年前に宇宙ハンザはこれを調査していた」ブルは暗記した内容をつぶやいた。

「太陽の百三倍の質量、事象の地平線の直径は六百十キロメートル」

「よくおぼえたな」ローダンが褒《ほ》める。

「ブラックホールへ飛びこむんですよ」ブルがうなった。「それなのに、起こそうともしてくれなかったんですか！」

「だが……」ローダンがいおうとしたとき、船載コンピュータの声が割って入った。

「最外層のバリアが破れます」

「のこりの層に緊急時用の電力を供給」ローダンが命じた。

「緊急電力供給」

「永遠の船はどんな防御手段を使ってるんだ？」レジナルド・ブルがタラヴァトスに問いかけた。「《ハルタ》は永遠の船の防御フィールドに守られてないのか？」

「永遠の船の防御メカニズムは不明です」と、タラヴァトスが答えた。「いずれにせよ、《ハルタ》にはその防御はおよんでおりません」

「事象の地平線まであとどのくらいだ？」ローダンが心配そうにたずねた。

「ノイズレベルが高すぎるため」コンピュータが説明した。「現時点での計測は不可能です。第二層が不安定に……」

花火のきらめきが司令室を非現実的な光で満たした。コンソールもシートも、さまざまな色の渦に巻かれて踊っているようだ。方向感覚がなくなった。バランスを崩したペリー・ローダンは肘かけの柔らかいパッドをぎゅっと握りしめた。

強烈な衝撃が駆け抜けた。足場を失い床にひっくり返ったレジナルド・ブルが怒りの声をあげた。ふたたび立ちあがり、ローダンのシートにつかまって体勢を立てなおす。次に衝撃がきても倒れないように、足を大きく開いてバランスをとった。だが突然、静寂が訪れた。船は震えるのをやめ、甲高《かんだか》い振動音も消えた。司令室の照明の柔らかな光がひろがり、スクリーンが明るく輝いている。

「抜けた」ブルが驚きの声を発した。

＊

ブラックホールの特異点をとりかこむ微小宇宙の内側では、通常宇宙の法則は適用されない。時間の流れが加速した。事象の地平線に飛びこんださいの速度が充分だったため永遠の船は特異点に落下することなく、安定して周回することに成功した。

そこの時空間は、ブラックホールの外で暮らす者が観察を通じて予想していたものとは、構造が大きく異なっていた。《ハルタ》の探知機が、二十光秒の距離に大型宇宙船規模の物体があると報告した。つまり、六百万キロメートルはなれているということだ。

事象の地平線の上から観測したさいには直径が六百十キロメートルしかなかった微小宇宙の内側だというのに！

先ほどのはげしい衝撃で、《ハルタ》船内ののこりの乗組員も目をさまし、ひとり、またひとりと司令室へやってきた。まずはグッキー。今回はテレポーテーションせずに、浅瀬を歩くような特徴的な歩みで司令室に入ってきた。次は、ネズミ＝ビーバーよりも指二本分横に大きく、頭部にそそり立つ半球状の目をいぶかしげにぱちくりさせているアッタヴェンノクのベオドゥ。そして最後はエイレーネと、エイレーネが面倒を見ている惑星ブガクリスの男、コヴァル・インガード。

これほど統一感のないメンバーが星間宇宙船の船内で勢ぞろいすることはめったにない、ペリー・ローダンはふと思った。身長は百六十センチメートルをすこし超える程度だが、がっしりとした印象をあたえるコヴァル・インガードは惑星ブガクリスの空飛ぶドラゴンの革でできたグレイの衣類を身につけている。宇宙船というハイテク環境になじむのに苦労しているようだ。どう説明すれば、かれにブラックホールという物体を、そしていまその内部にいるという現実を理解させられるだろうか？　〝テラの子供たち〟も、ブガクリスにいるほかの種族も、正気を失ったハミラー・チューブの命令で母船がばらばらに分解しはじめたとき、テーベ級の搭載船に避難して難を逃れた《バジス》乗員の子孫だ。そのテーベ級の搭載船はブガクリス上空で、武力ではるかに勝《まさ》るハウリ船によって撃墜された。《バジス》乗員の子孫は原始的な生活に逆もどりし、テラと故郷銀河については伝説を通じてでしか記憶がなかった。

幼いころから寄るべなき人々を支援することが自分の使命だと感じていたエイレーネは、ブガクリスのコヴァル・インガードを引きとり、かれを強すぎるカルチャーショックから守ることにつとめてきた。コヴァルはエイレーネを信頼していた。だが、部族の〝選ばれし者〟であることを自任するコヴァルは、エイレーネから子供あつかいされるのは、自分にふさわしくないと感じていた。そのため、エイレーネのほうも、すこしずつレッスンをあたえていった。そうやって慎重に、コヴァル・インガードを慣れ親しんだ中世の生活から、現代へと誘導してきたのだ。

インガードにくらべれば、ベオドゥは宇宙のベテランだ。ペリー・ローダンがベオドゥと出会ったのは、死にゆく宇宙、タルカンでのことだった。アッタヴェンノクのベオドゥはテラナーのローダンとすぐに意気投合し、仲間にくわわった。ベオドゥは頻繁に予知夢を見た。のちにそうした予知夢は、超越知性体エスタルトゥによってベオドゥにもたらされた情報であることがわかった。その後、エスタルトゥは本来の力をとりもどし、力の集合体へと撤退したため、ベオドゥは夢を見なくなった。

タラヴァトスが報告した。

「永遠の船は先ほど探知された物体へと向かっています。その物体は宇宙ステーションであり、特異点をかこむ軌道を安定して周回していると考えられます。宇宙ステーションまでの距離、十二光秒。接近中」

同時に、探知の正しさを証明するかのように映像がうつしだされた。その見知らぬ宇宙ステーションは、一見したところギターを思い出させた。大きく膨《ふく》らんだ船尾部分から細長い首が伸び、それが非対称的なかたちの船首につながっている。船首部分はトマホークタイプの斧に似ていなくもない。

スクリーンに目盛りが表示された。宇宙ステーションの全長はおよそ千メートル。膨らんだ船尾の幅は七百メートルで、トマホークの刃は四百メートルでしかなかった。船尾部分の表面には数え切れないほどの凹凸《おうとつ》があった。とくに目を引いたのは、宇宙ステーションの長軸に沿って垂直にならんだ、直線的で角張った構造体だ。船首には円形のくぼみが見える。おそらく、そのくぼみが宇宙船の発着場なのだろう。

それまでだれもそのような構造物を見たことがなかった。タラヴァトスでさえ、いっさいの情報を記憶していなかったので、その宇宙ステーションがどの文明に属するのか、皆目見当がつかなかった。ペリー・ローダンは、その宇宙ステーションはベカッスらが〝神々〟と呼ぶ者によって建造されたと信じて疑わなかった。神々から遷移エンジンの原理を教わったおかげで、ベカッスは原始的な宇宙飛行の期間をへることなく、星間移動をする能力を手に入れた。いきなり星間旅行ができるようになったベカッスは、植民地政策を通じてわずか数世紀でちいさな星間帝国を築きあげ、グラドの大帝国と関係を結ぶまでに成長した。

「エネルギーを検出」船載コンピュータがいった。「散乱放射の発生源にご注意ください」

探知機の画像が切り替わった。ギター型宇宙ステーションの表面にあった物体が消えてなくなった。かわりに、宇宙ステーション全体に整然とちりばめられた赤い光の点があらわれた。光の点がとくに多いのは船首部分だ。

「インパルス形状分析の結果、発射準備のととのった重火器だと考えられます」と、タラヴァトスが説明した。「おそらく、トランスフォーム可能な電磁パルス兵器でしょう」

ペリー・ローダンは不安げな視線でスクリーンを眺めた。わずかな揺らめきから、フィールド・バリアがまだ作動していることがわかる。数秒が過ぎ、それがいつしか数分になった。司令室内の緊張がじょじょに和らいでいった。装填された兵器は沈黙をつづけた。先ほどタラヴァトスが、宇宙ステーションから永遠の船に向けて送られた短いシグナルを傍受していた。おそらく、それが識別コードだったのだろう。近づいてくるのが味方の船だと確認できたため、宇宙ステーションの砲撃手は発砲しなかったにちがいない。

ローダンははじめのうち、永遠の船は宇宙ステーションの船首部分に向かうものと思いこんでいた。そこに、見るからに離着陸場と思える場所があったからだ。ところが宇宙ステーションが近づくにつれて、船は船尾方向へ向かっていることが明らかになった。数百キロメートルの距離にまで近づいたころから、その宇宙ステーションはおぼろげな光として肉眼でも見えはじめた。

「あそこがどういう場所か見当がつかない」ローダンがいった。「内部のようすがわかるまで、すこし距離を置いたほうがいいと思う」

「永遠の船からはなれたら、砲撃される恐れがありますが」レジナルド・ブルが警告した。

「危険は百も承知だ」ローダンが答える。「タラヴァトス？」

「なんなりと」イホ・トロトの声で船載コンピュータが答えた。

「輸送装置のドッキングを解いて拘束フィールドを中和してくれ」

「完了しました、ローダノス」数秒後にコンピュータが返事した。

「低速飛行！」ローダンが命じる。「宇宙ステーションまで二光秒の地点で待機する」

《ハルタ》との距離がひろがったため、永遠の船が視界に入ってきた。その船は全長が二百五十メートルで全体としては卵のようなかたちをしている。ただし、その表面にはさまざまな構造物が設置されていた。とくに目立つのは、ついさっきまで拘束フィールドを通じて《ハルタ》を固定していたドッキング装置だ。まるで巨大なピストルの銃把《じゅうは》のように、永遠の船の船体から突き出ている。永遠の船は一分ほどで、宇宙ステーションの背景に消えていった。ブラックホール内側は等方性の光で満ちていた。特定の場所から光がくるのではなく、全体が一定の強度の光でつつまれていたのだ。人間の目はそのような光に慣れていないし、《ハルタ》の光学記録装置もそのような状況を想定してつくられていなかった。視界はかぎられ、距離感がなくなった。

数分間、《ハルタ》の内部を無言の緊張が支配した。ペリー・ローダンは赤い光の点をうつしだす探知機の画像から目をはなさなかった。宇宙ステーションにある装置が、永遠の船からなんらかの飛行物体がはなれたことに気づかないはずがない。さて、ステーションのクルーはどう反応するだろうか？

赤い点は明るさを変えなかった。発砲の兆候はどこにも見当たらない。《ハルタ》は数段階に分けてすこしずつ加速を行ない、秒速八百キロメートルの速度に達していた。宇宙ステーションはすでにずいぶん前からふたたびおぼろげな光のなかに消えていた。

「目的地点まで八分」タラヴァトスが報告した。

ペリー・ローダンは安堵のため息を洩らした。

「どうやら、いまのところは攻撃してこないようだ」

2

決断がくだった。ペリー・ローダンがグッキーとともに宇宙ステーションへテレポーテーションする。そのさい、ブラックホール内に設置された宇宙ステーションの意味と目的に関する情報を集めること、そしてイホ・トロトのその後を探ることを最優先とする。

レジナルド・ブルは強く反対した。

「人間ひとりとネズミ＝ビーバー一匹！　こんな危険な任務にはあまりにすくない。わたしも同行します」

ローダンはもっとも古い仲間の肩にやさしく手を置いた。「危険な目には遭わない。史上最高の読心術者を連れていくのだから」

その言葉を聞いて、グッキーは大きな一本牙《きば》を見せてにやりと笑った。

「それに、必要ならいつだってここにもどってきて」ローダンはつけくわえた。「応援を呼ぶことができる」

結局、ブルが折れた。探知機によると、永遠の船は宇宙ステーションの表面に固定されていた。どのくらいの時間をそこですごすつもりなのか、だれにもわからない。ローダンは、永遠の船がブラックホールから脱出する唯一の手段になるかもしれないという考えを、意識の奥底につなぎとめた。グッキーとともに、宇宙ステーション内部でなにを知ることになるのかもわからないし、ブラックホールから抜け出す方法が見つかるかどうかも定かではない。つまり、永遠の船が最後の手段ということだ。

イルトとテラナーがいままさにジャンプしようとした瞬間、前触れもなく船載コンピュータが報告した。

「本船周囲の測定を行なった結果」と、説明する。「気になる点がいくつか見つかりました」

「重要なことなのか？」ローダンがたずねた。「それとも、グッキーとわたしがもどってきてからでもよい話か？」

「ブラックホール内を支配する時空間の特殊性についてです」タラヴァトスが答えた。

「聞かせてくれ」一瞬考えたのち、ローダンがいった。

「これまでは」コンピュータが話しはじめた。「ブラックホールの内部には事象の地平線によって通常宇宙から隔てられた微小宇宙があると想定してきました。しかし、なんらかの理由によって、その微小宇宙の内部に、さらにちいさなミニチュア宇宙が発生した模様です。われわれはいま、そのミニチュア宇宙のなかにいます。事象の地平線下の空間全体を調べようとしたところ、突破できない壁に阻まれたのです。アクセスできるのは、このミニチュア宇宙内だけです」

　この告白とともに、驚きの沈黙がひろがった。

「わたしの推論では」タラヴァトスがつづけた。「このミニチュア宇宙は自然に発生したものではありません。かたちが不自然です。われわれには未知の理由から、何者かが事象の地平線下の時空内に意図的に時空の泡を創造したのです。この泡、つまりミニチュア宇宙は、このようなかたちをしています……」

　スクリーンが点灯し、だれもが見おぼえのあるかたちを描いた。

「宇宙ステーションじゃないか！」レジナルド・ブルが抗議した。

「そう見えます」と、タラヴァトスが肯定した。「ミニチュア宇宙の時空の泡は、宇宙ステーションを五次元でコピイしたものなのです。この泡の境界は、ハイパーエネルギーの投射によって形成されたものと考えてまちがいありません。そのさいプロジェクターは、宇宙ステーションをモデルとして利用したのでしょう」

「ちょっと待って」エイレーネがいった。「泡の壁がそれほどまでに強固だというのなら、永遠の船はどうやって進入したの？　それとも、泡は事象の地平線にまでひろがっているの？」

「その質問にはお答えできません」船載コンピュータがいった。「わたしの設備の有効範囲では泡の内側しか測定できません。ミニチュア宇宙の壁に短時間だけ構造開口部が形成された可能性もあります。永遠の船はその開口部を通ったのではないでしょうか」

しばらく考えこんだあと、ペリー・ローダンがいった。

「その謎の答えは、宇宙ステーション上で探すしかないだろう。タラヴァトス、きみの探知機は、時空の泡の内側になにを見つけた？」

「奇妙なことに、あまり多くはありません」が答えだった。「ステーションに関しては、しっかりと探知できています。ですが、チューブの一部、あなたがたのいうギターの首の部分に、障害があるのです。この部分よりも向こう側については、詳細な探知ができません。障害の向こうでは、ミニチュア宇宙の壁のある場所は探知できますが、そのほかになにがあるのかまではわからないのです」

「障害とは？」ローダンが問いかけた。

「チューブから数多くのシリンダー型のハイパーエネルギー経路が柱のように伸びています」

「柱のようにだと」ローダンが驚いて訊き返した。

「過去の柱だ」ベオドゥがつぶやいた。

「柱と呼んだのは、ただのたとえです」と、タラヴァトスが謝罪した。「あなたのちいさな友が口にした言葉は、ただの憶測でしかありません」

レジナルド・ブルが苦笑した。

「こんな場所でできることといえば、憶測ぐらいなんだよ」

*

ふたりは薄暗い光で満たされたチューブの内側で実体化した。そこからは、見わたすかぎり直線がつづいていた。重力はなかった。チューブの断面は円形で、直径は四メートル。金属の壁に不規則な間隔で光源がはめこまれていた。そこからあふれるくすんだ赤黄色の光が目を刺激した。

セランのセンサーがフル稼働していた。ヘルメットの内側に最初のデータが表示される。宇宙ステーション内部の空気は呼吸可能だった。

ペリー・ローダンがヘルメットを開けると、ネズミ＝ビーバーも同じことをした。強烈に鼻をつくにおいが漂っていた。不快ではあったが、危険なものではない。もし危険なら、ピコンピュータが警告したはずだ。ふたりはチューブの中心付近で宙に浮いていた。ただし、グラヴォ・パックのおかげで体勢は安定している。

グッキーがおかしな声を発した。ローダンがたずねるまでもなく、自分で言いわけをする。

「なんか奇妙な感じがしたんだよ。解読できるような思考ではなくて、脳がじんわりと押しつぶされるような感じ。この近くのどこかに、制御されていない強力なメンタルエネルギーの源があるはずだよ」

テレポーテーションのさい、イルトは宇宙ステーションをイメージして、大きく膨らんだ船尾部分の前半分あたりを狙ったつもりだった。そしていま、ローダンの計算では、ふたりは船尾まであと数十メートルの地点、船首と船尾をつなぐ長細い首のなかにいた。

「そのエネルギー源の位置は特定できるか？」ローダンがたずねた。

　グッキーは浮かない顔をした。

「わからない」不満そうにいう。「あらゆる方向からきてるような感じで」

　しずかだったチューブに、突然奇妙な音が鳴り響いた。長い長いうめき声のように聞こえる。ローダンの見ている前で、ネズミ＝ビーバーがすくみあがった。

「痛い、痛いよ！」グッキーが苦しげにいった。

「場所はまだ特定できないのか？」ロータンがたずねる。

「どこか、あっちのほう」イルトはうめき、曖昧な身振りでチューブの奥のほうを指した。

　音がやんだ。ペリー・ローダンはグラヴォ・パックを低速前進飛行にセットした。ゆっくりとしたスピードで、薄暗いチューブ内を漂う。グッキーがそのあとを追った。

「気をつけろよ」ローダンがいった。「その精神的な力に深刻な危害をくわえられそうになったら、安全な場所へ避難してくれ」

「まだ大丈夫」イルトはいった。「あれがまたうめきはじめたら、どうなるかわからないけどね！」

百メートルほど進んだあたりで、チューブが急カーブしていて、その先に強い光が見えた。ペリー・ローダンが速度をあげる。数秒後、チューブの開口部を抜け、巨大な空洞に入った。セランが重力のマイクロフィールドを展開して平衡感覚に働きかけたので、ローダンはどちらが〝上〟で、どちらが〝下〟かを、感覚的に察した。ローダンの上には光で満ちたドーム形の天井が、下には直径二百メートルの円形空間がひろがっていた。驚いたことに、床のほぼ全面を奇妙な物体がおおっている。一見したところ、それは決まったかたちのない、グレイの巨大な塊りで、あちこちに明るい色の斑点があるようだ。表面はたいらではなく、谷や山があり、山のいくつかはとても高くせりあがっていて、その頂上はローダンがいま通過したばかりの開口部と同じ高さにあった。

さっきから鼻を刺激していたにおいが強さを増したので、ローダンはヘルメットを閉じた。セランのエアシステムが生成するきれいで冷たい空気を吸いこめるのがありがたい。ローダンは、振り返ってグッキーのようすをたしかめた。

イルトはちょうど開口部にさしかかっていた。手足を使ってなにかを伝えようとしている。

「これがなにか、気づいてないの？」ヘルメットの無線ごしに、グッキーの声がローダンの耳にとどいた。

ローダンは視線を下に向ける。グレイの塊りが動きはじめた。ゆっくりとした波のように、凹凸のある表面が揺れた。高さも数メートルせりあがった。それでもまだ、グッキーの言葉の意味が理解できなかった。もうすこしひろく俯瞰《ふかん》するために、ローダンは距離をとった。

すると下からすさまじい音が響いてきた。さっき聞いたのと同じ音だ。ただし今回のほうが近い。それは、苦しむ生物のうめき声だった！　円形のホールの床にひろがってからだを震わすグレイの塊りが、その声の主《ぬし》だ。

鋭い叫び声が耳を貫いた。グッキーが逃げ出したのが、見なくてもわかった。下にいるその塊りのような生物がメンタルエネルギーの源だったのだ！　ローダンも明るく照らされたドーム形天井の端のすぐ下にまで距離を置いた。

ピココンピュータが、空気中でガス状物質が濃度を増しつつあると警告した。ようやく解析が終わり、人間の肺に有害である可能性が明らかになった。ヘルメットの内面に赤い警告サインが点灯した。今後、ヘルメットを開けることはできない。

深みにひろがるグレイの塊りの、けいれんするような、あるいは脈打つような動きを、ペリー・ローダンは食い入るように見つめた。そして突然、グッキーがなにをいいたかったのかがわかった！　その巨大な生物には、楔《くさび》形の部分があった。眼窩《がんか》の半分は、大きな皮膚のひだでおおわれている。何層にも折りたたまれて体軀《たいく》に密着している飛行膜も見えた。

ベカッスだ！　本来のサイズの何百倍にも肥大したコウモリ族がそこにいた！

その驚きがまだ冷めやらぬうちに、信じられないことが起こった。そのベカッスのグレイの皮膚の鎧《よろい》が破れ、明るい色のスポンジのような肉が見えたかと思うと、一本の触手があらわれ、ものすごいスピードで伸びたのだ。その触手がからだを突き破った場所の直径はおよそ二メートル。先端に近づくにつれて細くなっている。完全に油断していたテラナーに、まるで鞭《むち》のように触手が襲いかかった。

「逃げろ！」ローダンは叫んだ。

グラヴォ・パックが出力をあげた。だが、触手のほうが速かった。すさまじい勢いでテラナーに触れ、青白い塊りが脚に巻きついた。その表面はぬるっとした粘着質の層でおおわれていて、そこにセランの材質がぴたりとくっついてしまった。

ローダンはホルスターからコンビ銃を抜き、インパルス・モードに切り替えて引き金を引いた。シュッという音を立てておや指ほどの太さのエネルギービームが触手のぬるぬるする物質を貫く。触手の表面に沿って、熱で焼けた褐色のラインが走った。蒸気が立ちこめる。言葉ではいいあらわせない音が深みから聞こえてきた。雷鳴のようでもあり、複数のサイレンがいっせいに鳴っているようでもある。異形《いぎょう》の生物が発する苦痛の叫びだ！

グラヴォ・パックの出力では脱出はかなわなかった。抵抗むなしく、ペリー・ローダンは絡みつく触手によって深みに引きこまれた。コンビ銃のビームは、変異したベカッスの巨大なからだから触手が出てきた場所を狙っていた。しかし、触手がはげしく動くため、照準がうまく定まらない。

怪物のからだが猛烈な速さで近づいてくるのが見えた。青白い肉の塊りの山に穴が開いた。歯のない巨大な口のようだ。テラナーは狙いを切り替えた。その口《こ》の周縁部に向けて撃つ。ジュージューと音を立てながら、柔らかかった部位が黒く焼け焦げた。さっきまでのうめき声が、地獄の叫びに変わった。

ごうっという吸いこむような音がしたかと思うと、青白い肉の塊りがテラナーをつみこんだ。その瞬間、触手は脚をはなし、消えていった。打つ手を失った犠牲者はさらに奥へと飲みこまれる。あたりが真っ暗になった。だが、それはほんの一瞬だけだった。

ピコンピュータが防御バリアを起動したのだ。バリアのエネルギーが怪物の体表に触れると、青白い炎がひろがり、あたり一面を輝かせた。この怪物は、おのれの消化器官では太刀打《たちう》ちできないものを飲みこんでしまったのだ。ペリー・ローダンのまわりで、スポンジ状の体物質がすこしずつ焼けていった。バリア表面の電磁放射がまわりに作用し、青白い肉の塊りを一千度に熱した。すさまじい痛みが怪物を襲った。巨大なからだがのたうちまわった。防御シールドの働きで空洞ができあがり、そのなかでペリー・ローダンは、けいれんする巨大な筋肉によってスーパーボールのように右へ左へと跳ね飛ばされた。

この苦痛がどれぐらいの時間つづいたのか、ペリー・ローダンはおぼえていない。いつしか、巨大生物も抵抗する力を失っていた。筋肉が最後に収縮したかと思うと、空洞が崩れ落ち、肉の塊りがローダンを押しつぶした。バリアはまだ作動していたが、純粋に物理的な力に対してはなすすべがない。巨大生物の巨大な体内のどこかで巨大な圧力が無防備な人間を襲った。一秒ごとに呼吸が苦しくなっていった。圧迫されて両腕も動かせない。コンビ銃はもうずっと前に、肉の山のどこかに埋もれてしまった。

これでおしまいなのか？　ペリー・ローダンは思った。

それが、苦しめられた理性が生んだ最後の考えだった。次の瞬間、意識が途絶えた。

＊

無限の安堵がひろがった。肺はいまも痛むが、猛烈な圧力はなくなっていた。大きく酸素を吸いこむと、活力がよみがえった気がする。記憶ももどってきた。突然変異したベカッスの怪物に深く飲みこまれたのだった。巨大な肉塊の下敷きになって、いまにも押しつぶされそうだった。

目を開ける。ぼやけた視界がじょじょに像を結び、ネズミ＝ビーバーの顔が浮かびあがった。グッキーは心配そうに見つめていた。ペリー・ローダンは顔の向きを変えた。金属チューブの床に横たわっている。グッキーがグラヴォ・パックを操作して、重力を持続的に発生させたにちがいない。上半身をすこし起こすと、前のほうに明るく照らされた開口部が見えた。その向こうのどこかに、自分を飲みこんだあの怪物がいた。

「いったい、どうやって……」話しはじめたが、すぐに黙りこんだ。自分のしゃがれた声に驚いたのだ。

「ゆっくり、ゆっくり！」イルトがいった。「押されて、つぶされて、ぺったんこにされてたんだから。とにかく休んで」

ペリー・ローダンは曖昧な身振りで、大丈夫だと伝えようとした。

「そう心配するな」と、しぼり出す。「サイバー・ドクターが作動しているから。なにがあったんだ？」

「なにを体験したかは、きみのほうがくわしいでしょ」グッキーが答えた。「あの怪物がうめきはじめたとたん、ぼかあ脳みそが破裂しそうになっちゃって、だから、逃げ出したんだ。そしたらきみの思考を受けとったんだけど、完全にパニックだったよ。追い詰められていたことはすぐにわかった。でも、あの怪物の意識が混乱していてものすごい念を発していたもんだから、ぼかあ麻痺したようになって一歩も動けなかったんだ。きみは思考がどんどん弱くなって、失神寸前だった。でも思考のイメージから、きみがどこかに閉じこめられていることはわかった。そしたら突然、怪物の精神力が弱くなって死んでしまった。きみが致命傷を負わせたことを、ぼくは知らなかったんだ。精神への圧力がなくなって、ようやく動けるようになった。きみからまだかすかに思考の痕跡のようなものが出ていたんで、それをたよりに探したんだよ。怪物の筋肉にはもう精気がなくて無抵抗だった。だからテレキネシスを使ってきみを解放したってわけさ」

　ペリー・ローダンはじっと横たわったまま、チューブの金属壁を見あげた。「ありがとう」しばらくしてからいった。「きみは命の恩人だ」

「礼はいらない」イルトがいった。「持ちつ持たれつだよ」

　ようやくローダンはふつうに話せるようになっていた。サイバー・ドクターが血管に注入した薬品のおかげで、回復が早い。

「グッキー、ホールにいたあの怪物は」ローダンはたずねた。「いったいなんだったんだ？」

「突然変異だよ」イルトはためらいなく答えた。「あの選抜された連中がなんのためにここ、いわゆる永遠に連れてこられているのかって、考えてみたことがある？」

「神々に仕えるためだろ」ローダンがいった。

「で、どうやって奉仕するの？」グッキーは興奮しているようだ。声からその感情が伝わってくる。「みんな遺伝実験の材料にされているのさ。もちろん、かれら自身はそのことを知らない。みんなやれといわれたことを、すなおにやるだけ。なにしろ、神々への奉仕だからね。でも実際には、その神々は新しい種族を生み出そうとしてるんだよ」

「なぜそんなことを？」

「ベカッスにはもともと超常的な能力は備わっていない。でも、さっきのあの怪物のプシオン放射能力は一級品だった。本当に強い力で、ぼくでさえ半メートルもジャンプできなかったほどさ。いいかい、よく聞いて。神々はパラメンタルな力をもつベカッス種を飼育しようとしてるんだよ！」

「なんのために？」

　イルトはお手あげとでもいいたげに、両手を高くあげた。

「惑星トラムプの塵《ちり》の神々の名にかけていうけど……そんなのぼくにわかりっこないよ。重要なのは、ここが危険だってこと。神々が何匹のモンスターを飼育してるのか、わかんないからね。でも、ここが安全じゃないことは、もうわかったでしょ！」

　ペリー・ローダンはしばらくじっと目の前を見つめていた。

「すまない」ようやくグッキーに問いかけた。「まだすこし混乱しているようだ。いったい、なにをするつもりだ？」

「何百ものベカッスの思考が感じとれるんだけど」グッキーがまくし立てた。「みんな船首方向にいる。ぼくたちといっしょに永遠の船で送られてきたベカッスも。そこでしばらくようすを見ながら、ここでいったいなにが行なわれているのかをたしかめようよ」

「わかった」と、ローダンは力なく答え、ネズミ＝ビーバーに手をさしだした。

次の瞬間、チューブからふたたび人の姿が消えた。

3

木々や藪で彩られたひろい草原に光が降り注《そそ》いでいた。重力はきわめて弱く、植物が〝上〟と〝下〟をなんとか区別できる程度でしかない。遠くのほうで、数名のベカッスが、かれらに特徴的な飛び跳ねるような動きで活動をしている。そのさらに遠くでは、高さは十五メートルから二十メートルぐらいだろうか、むきだしの大岩がそびえ立っていた。大岩の上には数名のベカッスが集まり、順番に断崖から飛び降り、最大七メートルにも達する皮膚の翼をひろげて悠々と空中を滑空している。とても平和な光景で、コウモリ種族たちはなんらかの競技をするために集まってきたかのようにも見える。

ただしそれは、光が太陽灯でつくられたものであり、ずっと遠くにはポリマーメタル製の壁がこののんびりとした風景をとりかこんでいるという事実を度外視すれば、の話だ。藪や木立が散在するこの草原は、宇宙ステーションの内部に存在していた。選ばれし者たちがくつろぐ場所として、人工的につくられたものだ。弱い重力下でとても大きく生長する植物は惑星カッスバン産だ。神々も、奉仕者が快適に暮らせるように、工夫をしているということだろう。

グッキーとともにたどり着いたその人工風景のようすを見て、ペリー・ローダンは驚いた。ふたりは大きめの藪のなかにいた。楽しそうに遊んでいるベカッスたちからは二百メートル以上はなれているので、見つかる心配はない。

「なにか察知できるか？」ローダンがたずねた。

グッキーが目を閉じる。

「やってみるよ」と、いった。「宇宙ステーションのこの領域には、だいたい八百から千のベカッスがいるみたい。とても混乱しているので、特定の思考パターンを見つけるのは骨が折れそうだよ。待って、これは……」

グッキーは片手をあげた。表情から、強く集中していることがわかる。

「見つけた」グッキーはついにいった。

「だれを？」

「エヘエンザ。ほら、手を出して」

ペリー・ローダンがいわれたとおりにすると、グッキーが目を閉じたままテレポーテーションした。八百から千もの思考放射が醸《かも》しだすノイズのなか、ひとつの意識を見つけ、追跡し、それをめざしてジャンプするのは、とてもむずかしいことだった。

人工風景の奥にある領域は、ベカッスの宇宙船の内部に似ていて、重力はなかった。

グッキーとローダンは明るく照らされたチューブの内側で実体化した。目の前に見知らぬなにかが突如としてあらわれたのを見て、チューブ内を漂っていたベカッスが恐怖の叫び声をあげ、翼をひろげて大あわてで不吉な場所から去っていった。チューブの壁には重厚で機密性の高いドアがはめこまれていた。グッキーがあたりを見まわす。

「近いよ」と、いった。

直感の命じるままに一枚のドアに向かって移動すると、あと数メートルの距離まで近づいたときに、そのドアがひとりでに開いた。ドアの奥には大きな長方形の部屋があり、壁に沿ってベカッス式の寝具が見えた。重力がないため、それらは床につなぎとめられている。部屋の中央には、ベカッスに特徴的な、低くて独特な曲線を描いたテーブルと椅子がいくつか置かれていた。部屋には十名強のベカッスが、さまざまな活動に従事していたが、ふたりの侵入者に驚いて、みんな顔をあげた。どの顔も同じに見える。ペリー・ローダンには、そのなかからあの若きエヘエンザを見つけるのはむずかしかっただろう。しかし、グッキーはエヘエンザの思考放射を捕捉していたので、迷いなく近づいていった。エヘエンザはちょうど寝具をととのえようとしているところだったが、ドアが開いたのに気づいて顔をあげていた。ふたりがだれを探しているのか、すぐに察しがついた。

この種族がよくやるように、尾部を床につけた体勢でからだを起こした。身長は二百四十センチメートル。その大きな目は、円錐形の前半身の両側にある空洞に埋まっている。とてもよく動く目だ。空洞の縁にまでせりだしてきて、その視界にベカッスよりもはるかに小柄な異種族を苦もなくとらえた。エヘエンザのなめし革のような皮膚の色は明るいグレイをしていた。この種族のほとんどの若者と同じで、この若いベカッスもとても見栄っ張りで、自分にしかできない方法で大きな翼をたたんでいた。体表のあちこちに、人間の指先ほどの大きさの色素異常が見られた。エヘエンザはその斑点を美しさの象徴とみなし、誇りに思っていた。それらをより美しく見せるため、まるで妊娠しているかのように、からだをいつも前にかたむけていた。だが実際のところ、かれが妊娠するとしても、それはもっと先のことだ。単性のベカッスは高齢になってから妊娠するのがふつうなのだ。

「われわれが神だと思いこんでいた部外者が見えます」

眼窩のすこし下にありサメの口を連想させる開口部からたどたどしいグラド語で発せられたその言葉は、つい最近の出来ごとをほのめかしていた。ペリー・ローダン一行はしばらくのあいだ、ベカッスに星間旅行能力を授けた種族の代表者とみなされていたのだ。ベカッスはローダンらのことを神だと思っていた。それが誤解であることが明らかになったとき、エヘエンザはとくに強く失望し、その失望が一時は敵意にまで膨らんでいた。

「美しいエヘエンザに会って、その後どうしているのかたずねにきた」ローダンが同じ言語で応じた。

ほかのベカッスらは自分たちの活動にもどり、訪問者に注意をはらわなくなった。ただ、近くにいた身長が二百八十センチメートルを超える大きなベカッスだけが、エヘエンザの寝具のまわりでの出来ごとに鋭い視線を向けていた。

エヘエンザはローダンの言葉に気をよくしたようだ。

「わたしは神々に奉仕しているのです」が答えだった。「元気にやっていますよ」

「神々のために、どんな仕事を？」ペリー・ローダンが問いかけた。グッキーに相手の思考を読む余裕をあたえるために、会話をとぎれさせることなく、適切な質問をぶつける必要があった。

「ご存じのように、わたしはまだここにきたばかりです」エヘエンザが答えた。「神々の指示を受けとったのはついさっき。上官の指示にしたがうように、とのことでした。さまざまな役割をもったくさんの部屋があって、決まった時間にそれらを訪れなければなりません。それ以上のことは、まだわかりません」

視界のすみで、ドアの近くにいた例の長身ベカッスが動いたのが見えた。触手に似た足で弾《はず》みをつけて、宙を漂いながらゆっくりと近づいてくる。

「部屋のいくつかを案内してくれないか？」ローダンがたずねた。

「上官に許可を得る必要があります」エヘエンザがいった。

「上官って、かれのことか？」ローダンが近づいてくる巨体を指していった。

「そうです」エヘエンザがうなずく。

大きなベカッスがからだを垂直に立てた。大きな口から大量の空気を吐き出しながら、尾部を床につける。

「何者だ」脅すような口調でたずねた。

「この若いベカッスの知り合いだ」ペリー・ローダンはていねいに応じた。「かれが永遠の船に乗れたのは、わたしたちの協力があったからこそ。で、あなたは？」

「タヴロオス」しわがれた声で荒々しく答えた。「この居住ホールの責任者だ。何年も前から神々に仕え、すべてが神々の望みどおりに行なわれるよう監視している。ここは、きさまらのようなよそ者がくる場所ではない。いますぐ立ち去るのだ」

　ペリー・ローダンは臆しなかった。

「われわれのことをよそ者と考えているようだが、それなら、よそ者であるはずのわれわれがどうやってここへやってきたか、考えたことがおありか？」ローダンはたずねた。

「いや」すこし混乱したようすで、タヴロオスが答えた。「考える必要なんてない。きさまらはベカッスではなく……」

「ベカッスではなく、神々の代理なのだ」ローダンがさえぎった。「そのわれわれを追い出そうとするなんて、とても失礼なこと」

「ぼくたちがだれなのか、ヴァムルウソンにたずねるようにいいなよ」グッキーがテラナーにうながした。

まちがいなく、この上官の思考からその名前を抜き出したのだろう。みるみるうちに、タヴロオスがおびえはじめた。

「どうしてヴァムルウソンのことを知っている？」おちつきなく問いただした。「あの方は神々に近い存在だ。よほどの理由がないかぎり、話しかけるなんてできない」

「ヴァムルウソンと話すか、われわれをすきにさせるか」ペリー・ローダンが迫った。

「ほかの選択肢はない」

上官は数秒考えこんでから、なにもいわずに踵《きびす》を返し、去っていった。

「あいつはぼくたちの言葉を信じていないね」エヘエンザには理解できないように、グッキーがテラの言葉でいった。「ぼくたちの監視をつづけるつもりだよ」

ペリー・ローダンは若いベカッスに顔を向け、質問をくり返した。

「きみが訪問することになっている部屋を、わたしにも見せてくれるかな？」

「あなたがたにお世話になったのは本当です」エヘエンザが答えた。「あなたがたの力添えがなければ、わたしは永遠の船に乗ることが許されなかった。ですが、あなたがたは神々の代理ではありません。それはたしかです。だから、なにもお見せできません！」

ローダンはイルトを見つめた。

「もうあきらめようよ」無言の問いかけにネズミ＝ビーバーが答えた。「この子がいなくても問題ないよ」

「きみがわれわれのことをいまだに疑っているのは残念だ」ペリー・ローダンがエヘエンザにいった。「だが、会うのはこれが最後ではない。いつかある日、きみは自分がまちがっていたことに気づくだろう」

ローダンがグッキーの手を握ると、次の瞬間にふたりは消えていた。

＊

「エヘエンザの思考を読むのはむずかしくなかったよ」イルトがいった。「部屋を見せてくれっていったとき、意識に映像がはっきりと結ばれたんだ。でも、神々への奉仕って、いったいなにをするんだろうね」

ふたりが実体化した部屋は研究室かなにかのようだった。中央には頑丈そうなデスクがならび、その上には計測器や検査機器が設置されている。壁ぎわには数多くのキャビンがならび、そのすべてにひとつのシートが置かれ、ロボット医療システムと接続されていた。天井の照明がとても明るく青白い光を放ち、空気には消毒剤のようなにおいが漂っている。グッキーがあたりを見まわした。聞き耳を立てているようだ。

「近くにはだれもいないよ」しばらくしてからいった。「この部屋の目的を知るヒントになるなにかを考えている者はだれも」

ペリー・ローダンはキャビンに注目した。ぜんぶで十八のキャビンが確認できた。どのキャビンも設備は同じのようだ。ついさっき、ネズミ＝ビーバーが口にした憶測を思い出した。遺伝実験の材料になることが、神々への奉仕なのだろうか。いまいるこの部屋は、微生物学の実験室なのか？

ローダンは慎重にキャビンのひとつに近づき、安全な距離から設備を眺めた。シートのうしろの壁に自動ベルトシステムの留め具が見えた。つまり、このシートにすわる者は、ベルトで拘束されるということだ。ここにすわってベルトで固定されるのはベカッス以外に考えられない。シートのかたちからもそのことが明らかだった。背もたれも肘かけもない三本足の腰かけで、座面はリング状だ。ベカッスには立派な尾部があるので、座面に穴が必要なのだ。

壁にベルトが固定されている場所の上下には、金属環がついたちいさな開口部があった。ローダンの好奇心がかき立てられた。その開口部の働きを知るために、すこし近よって見る。ピココンピュータの診断機能はすでに作動させていたが、これまでのところ、報告はひとつもなかった。

　キャビンの壁はつやがなく、継ぎ目のない滑らかな層でおおわれていた。手袋をはめた手を伸ばし、その層に触れてみる。手袋の指先には超小型センサーが埋めこまれているので、その層がどんな材質でできているのかがわかれば、それをヒントにこの小部屋の使用目的を推測できるかもしれない。

　その瞬間、グッキーの叫び声が響きわたった。

「だめ！　はなれて！」

　ペリー・ローダンは本能的に反応した。後方に飛びのいて尻もちをつく。伸ばした手に衝撃を感じ、閃光を放つ針のような器具が目にもとまらぬ速さで金属環つきの開口部にもどっていくのが見えた。

　全自動で動く機械が注射を打とうとしたのだ。驚くローダンを、人工重力場を生成したグラヴォ・パックが運んだ。機械はベカッスが微生物実験を受けにきたと考えたのだろうか？　グッキーはなぜ警告した？

　グラヴォ・パックはネズミ＝ビーバーのそばでローダンを降ろした。

「なにがあった？」ローダンはたずねた。

　グッキーは人間とまったく同じやり方で首を横に振った。

「憎しみと悪意に満ちた思考」グッキーが答えた。「〝偽りの神は死なねばならぬ！〟

ってね。きみのことだよ。だれの意識かはわからないけど、そのなかで一瞬だけ映像が浮かびあがったんだ。ぼくたちは監視されている！　その意識の主は、きみを殺すチャンスだと思ったんだ」

ペリー・ローダンは右手の手袋をぼうぜんと見つめた。注射針はローダンに触れはしたが、手袋の頑丈な素材を突き破るにはいたらかなった。微少な先端をもつ金属針は手袋に穴を開けていなかった。ローダンは、もしイルトの警告にすばやく応じていなかったら、いったいどうなったのだろうと考えた。

「その思考はどこから？」ローダンは問いかけた。

グッキーは曖昧なジェスチャーで応じた。

「とにかく前のほう。宇宙ステーションの船首のどこか」そしてこうつづけた。「メンタル・インパルスが異常に強くて、しかも独特で……機械的というか、ロボットの意識から生じているような感じだった。もちろん、そんなことはありえないけどね。ロボットはテレパシーで捕捉できないから」

「分析が完了しました」その瞬間、ピココンピュータがいった。

まだネズミ＝ビーバーのいったことについて考えていたペリー・ローダンは混乱した。

「分析って、なんの？」

「右の手袋に刺されたのは注射針だと特定しました」ピココンピュータは答えた。「注入物質をマイクロセンサーで解析しました」

「結果は？」

「おもに非ヒューマノイド種族の遺伝子工学でもちいられるたんぱく質です。異種微生物学では、トリプトヴァリン・ブラヴォと呼ばれています」

「わたしは異種微生物学者ではない」ペリー・ローダンがしびれを切らした。「その物質の作用を教えてくれ」

「トリプトヴァリン・ブラヴォは、ヒューマノイド種族のほとんどのゲノムにはなんら作用しません」と、ピココンピュータは説明した。「ごくまれに、無害な反応を引き起こすだけです。ただし、唯一のヒューマノイド種において、このたんぱく質が致命的となります」

「その種とは？」ペリー・ローダンは問い返したが、すでに答えを知っていた。

「ホモサピエンス・ギャラクトゥス。トリプトヴァリン・ブラヴォの作用で人間の遺伝子は断片に分解し、その断片がひとりでにつながってあらたな遺伝子を形成することにより……」

「細かい話はいい」ローダンがさえぎった。「そんな話、いまのわたしには役にたたない。だが、そのような遺伝子操作に対しては、細胞活性装置がわたしを守ってくれるはずだろう？」

「不可能です」ピコンピュータがいった。「あらたに形成された遺伝子にはたったひとつの働きしかありません。トリプトヴァリン・ブラヴォを生成することです。そのため、細胞活性装置では対処できないスピードで、雪だるま式に変異が進むものと考えられます」

ペリー・ローダンがその言葉の意味を完全に理解するまで、しばらく時間がかかった。トリプトヴァリン・ブラヴォはベカッスをもちいた遺伝子実験に使われていたことはまちがいない。だが見知らぬ敵は、この物質が〝偽りの神〟には致命的であることを知っていた。ペリー・ローダンがホモサピエンス・ギャラクトゥスであることも。

ゆっくりと振り返ってホルスターからコンビ銃を抜いたローダンの姿勢を、グラヴォ・パックが安定させた。ローダンは遅延インパルス・モードに設定して引き金を引いた。うつろな音を立てて、エネルギーでできた白く輝くこぶし大の塊りがいくつか、銃の放射フィールドから放たれた。どのエネルギー弾にも、二百五十グラムの化学爆弾と同等の破壊力がある。その弾が部屋を飛び交い、キャビンの内部で轟音《ごうおん》を立てて爆発した。炎があがった。破れた壁や機器の破片が、鋭い音を立てて宙を飛ぶ。セランのヘルメットが閉じ、フィールド・バリアが作動した。ペリー・ローダンがグッキーの腕をつかんだ。ネズミ＝ビーバーは説明を受けずともその意図を察知した。

その瞬間、ふたりはべつの場所に実体化した。そこからは微生物学実験室内の爆発がくぐもった騒音にしか聞こえない。距離にして二百メートルの移動だった。

「これであの部屋ではもう遺伝子実験ができないだろう」ペリー・ローダンはにやりと笑っていった。「そして、テラナーを殺そうとすることも」

「これからどうするの？」イルトがたずねた。

「船首へ向かう」ローダンがきっぱりといった。

*

船首方向になにがあるかわからないので、ふたりは慎重を期して短い間隔でジャンプをくり返した。神々による遺伝子実験で生じた、プシオン放射をする怪物に出くわすのはもうごめんだった。

ふたりは長く伸びた明るいチューブに出た。視界内にベカッスはいない。だが、聞いたことのないしわがれた声が突然、たどたどしいベカッス語で話すのが聞こえた。

ローダンのトランスレーターが翻訳した。

「なんじらは従順の声を聞いている。何者かがこの領域に侵入した。侵入者は騒動を起こし、神々を侮辱する。従順の声がなんじらに命ずる。侵入者を狩り、しとめるのだ！上官が狩りの調整役をつとめる。神々への奉仕のしかたは、上官にたずねること」

メッセージがくり返された。そのたびに声は大きくなり、口調を強めていった。最後には、ペリー・ローダンが音響フィルターを作動させて、耐えがたい騒音を耐えられる背景音にまで減衰させる必要があった。そのとき、ヘルメットの無線を通じてグッキーの声が聞こえてきた。

「あれは本気だよ」イルトはいった。「ベカッスは興奮している。秩序ある思考はほとんど見つからない。みんな頭に血が上っていて、殺す気満々だ。でも、その下には論理的なインパルスもいくつかひそんでいて、上官たちの思考だろうね。ほとんど断片しか察知できないけど、上官たちがぼくたちの居場所を知っていることはたしかだよ。精神のノイズがどんどん近づいてきているからね」

ペリー・ローダンはためらいなく決断した。

「船首まであとどのぐらいだ？」ローダンはたずねた。

「ぼくにも全体を見わたすことはできないけど」グッキーが白状した。「いまいる場所は、船尾部分の端で、プシオンモンスターと戦った場所よりも、十数メートルほど細い首との接続部分に近いところ」

「ここから先は？　船首までの道のようすはどうだ？」

ネズミ＝ビーバーは意識を集中した。超常的な才能の一部だとしか説明しようのない知覚メカニズムが、現在地から船首方向への道を走査した。

「ぼくの見るかぎり、障害はないよ」グッキーはローダンに答えた。「でも、ここではぼくたちの理解できない力が働いているから、ちいさなジャンプをくり返したほうがいいと思う」

「追っ手たちのスピードは？　連中は乗り物を使っているのか？」

「うん」グッキーがいった。「でも、すばやくジャンプをくり返したら、振り切ることはできるよ」

ペリー・ローダンは自分の置かれた状況をはっきりと理解した。宇宙ステーションのなかにいるかぎり、ふたりは見知らぬ敵の監視を逃れることはできない。そして、その敵は船首部分のどこかにいると考えてまちがいないだろう。だがいまのところ、そこは問題ではない。重要なのは、追っ手との距離をひろげ、この宇宙ステーションについてもっと多くの情報を集めることだ。

「わかった」ローダンはいった。「テレポーテーションの距離はきみにまかせる」

ふたりは矢継ぎ早にテレポーテーションをくり返し、それまでいた場所とはくらべものにならないほどひろびろとしたチューブに出た。輝く金属壁でつつまれた直径は、八十メートルはあるだろう。宇宙ステーションの船尾と船首をつなぐ首のような連結部分の大部分を、このチューブが占めていると想像できた。壁の素材そのものがうっすらと光を発していた。それ以外に光源は見つからない。光に方向性はなく、どこも同じ明るさだった。事象の地平線の下にあった空間とまったく同じだ。

五回めのジャンプで、グッキーの推定で船尾と船首のちょうど中間あたりにたどり着いた。ペリー・ローダンはイルトのためらいに気づいた。「追っ手はまだついてきてるのか？」ローダンはたずねた。

グッキーは首を横に振る。

「どこかでとまったと思うよ」と、答えるその声から、グッキーが追跡者に対する関心をすでに失っていることがわかった。

「じゃ、先へ進もう」ローダンが急かした。

グッキーがローダンを見あげる。ふたりはいまも手をつないだままだ。イルトの輝く目が、なにかを恐れているようにも、理解を乞うようにも見えた。

「気をつけたほうがいいよ、ペリー」

「いったいどうしたんだ？」

「いやな予感がするんだ」ささやくようにいった。「この先でなにかが……」

「ジャンプはやめだ」ペリー・ローダンが即決した。「グラヴォ・パック！」

グッキーは握った手をはなさない。グラヴォ・パックが低速前進飛行にベクトル化した。ヘルメットの受信機からちいさなイルトの声が聞こえてきた。

「ありがとう、大きな友」

ふたりは巨大なチューブの内部を漂いつづけた。明るさはつねに一定だった。そうやって数分が過ぎた。

「追っ手は？」ローダンが問いかけた。

「きてないよ」グッキーが答えた。そして苦しそうな声でつけくわえた。「まだ、ちらほらと思考をキャッチしてるんだけど、ぼくたちはどうやら、ベカッスが入ってはならない場所にいるみたい」

「船首方向は？」ローダンがうながす。「なにか感じるか？」

「なにも、ペリー」イルトがうめいた。「船首に関しては、ぼくにはなにもキャッチできない。バリアがあって……」一秒ごとに、話すのが苦痛になっていくようだ。「いまだにはっきりと感じるんだ……ぼくの意識を封じこめようと圧力をかけてきて……頭が破裂しそうで……」

ローダンは引き返そうと思った。グッキーを安全な場所へ連れていかなければならない。しかし、サーボに命令を出そうとしたとき、奇妙なことが起こった。ぼんやりと空間を満たしていた光が一瞬にして消えたのだ。ひろいチューブの内側が突然真っ暗になった。拡散光に慣れていた目は、暗闇に対して無力だった。方向感覚がなくなった。

十五秒が過ぎたころ、視神経がようやく機能しはじめた。そしてペリー・ローダンは、そこが最初に思ったほど完璧な暗闇ではないことに気づいた。暗闇を背景に、赤っぽく鈍く光る五本の太い線がぼんやりと浮かんでいた。いや、線ではない、ローダンはすぐに訂正した。視力が空間を把握できるまで回復したとき、ローダンはそれがチューブの奥からそびえ立つ巨大なシリンダー型の構造物であることを悟った。その頂点もまた暗闇に飲みこまれているので、どこにあるのかはわからない。ローダンは、その不思議な構造物の直径をそれぞれ八メートルと見積もった。それがなんのために存在するのか、まったく想像がつかない。

ヘルメットの受信機から声が聞こえた。痛みと不安で、グッキーはほとんど声を出せなかった。

「過去の柱……」

4

違う、そんなはずはない。ネズミ＝ビーバーとならんで船尾方向へ滑空しながらペリー・ローダンは考えた。グッキーは意識を失っていた。ローダンはグッキーをしずかな場所へ連れていき、休ませるつもりだった。

数メートル移動した時点で、暗闇は消えてなくなった。あっという間に、船尾との接続部分まで、チューブ全体がふたたび淡い光で満たされた。

ローダンはグッキーのセランを自分のグラヴォ・パックとの同期モードにセットした。ピコンピュータの周辺機器に属する小型の探知機が周囲に散乱しているエネルギーを検出したが、半径百五十メートル以内に疑わしいものはなにもなかった。ローダンは動きをとめ、ふたりのグラヴォ・パックを操作し、意識のないイルトをチューブの表面に横たえた。

そして待った。《ハルタ》に通信することも検討したが、すぐにその考えを捨てた。《ハルタ》にいる仲間たちがあらたな情報をつかんでいる可能性はかぎりなく低いと同時に、通信が傍受される可能性はきわめて高いからだ。未知の敵がいまも自分と無意識のネズミ＝ビーバーを狙っているかもしれない。だが、時間がたつほどに、その恐れはちいさいと思えた。でなければ、いまこうして無事でいられるはずがない。ピコンピュータのセンサー群がチューブの壁に沿って音響あるいは視覚的な監視装置を探したが、なにも見つからなかった。ただしローダンは、その事実を重視するつもりはなかった。見知らぬ敵がどのような技術をもちいているのか、定かではなかったからだ。

タラヴァトスの仮説がふと頭をよぎった。事象の地平線下の空間に微小宇宙が組みこまれたさいに、この宇宙ステーションをモデルにして時空の泡が投影されたのではないか、という仮説が。それなら、泡は宇宙ステーションを五次元連続体にコピイしたものにすぎない。また、タラヴァトスは、時空の泡の両端の膨らみをつなぐチューブ構造の中央に、ハイパーエネルギーの柱からなる障害物がそびえ立っているとも話していた。タラヴァトスの推測にしたがえば、いま、グッキーと自分がいる場所をモデルにして、あのチューブ部分がつくられた。ならば、チューブ中央にあるハイパーエネルギーの柱は、さっき見た五本の赤く光るシリンダーを手本にしていたと考えてまちがいない。グッキーのミュータント能力を麻痺させ、意識不明に追いこむほど強大なパラメンタル放射を行なうあのシリンダーだ。

タラヴァトスの仮説を聞いて、ベオドゥがだれに意見をもとめられることなく、ハイパーエネルギーの柱こそが過去の柱だと断定した。「過去の柱……」赤く輝くシリンダーを見たグッキーも、意識を失う直前にそういった。つづけざまに同じ連想が二回というのは、かなりめずらしいことではないだろうか？　タラヴァトスはそれを憶測だとして退けた。だが、タラヴァトスは船載コンピュータにすぎない。自給自足型の知性を有しているとはいえ、タラヴァトスには有機的な生物の意識に生じる第六感のはたす役割までは理解できない。

　しかし、グッキーとベオドゥの第六感が的中していた場合、的中度が高かったのはまちがいなくアッタヴェンノクのほうだ。〝過去の柱〟の存在は事象の地平線の外側でも知られていることを、イホ・トロトのメッセージが証明している。つまり、宇宙ステーションの内側にある五本のハイパーエネルギー構造体がそれであるとは考えられない。タラヴァトスが時空の泡の中心で見つけた構造体こそが過去の柱であるにちがいない。

　ハルト船の船載コンピュータはその柱を障害物とみなした。詳細に探知することは不可能だったから。これはおそらく、船自体も柱がならんでいるラインをこえられないということだろう。ペリー・ローダンの心の目に、ある情景が浮かんだ。イホ・トロトがその境界線をこえる情景が。かれを見つけたければ、障害をとりのぞき、柱がなす境界線をこえる必要がある。

　時空の泡の中心にある柱は、宇宙ステーションの中央にあるハイパーエネルギー構造体のコピイだ。タラヴァトスの仮説を当てはめてみる。その瞬間、ペリー・ローダンは次になにをすべきかがわかった。意識を失ったネズミ＝ビーバーを置いていくのは気が引けたが、ほかに方法はなかった。

ローダンはグッキーのセランのシントロン・メモリーに短いメッセージをのこした。

そして去っていった。

＊

ピココンピュータがその距離を測定した。漫然と満たされていた光が突如として消え、暗闇のなかに五本の柱のような構造体が陰鬱に輝く場所は、宇宙ステーション全体のちょうど中間点からわずか数メートルはなれた地点にあった。

ペリー・ローダンは目が暗闇に慣れるまでじっと待った。その時間を使って、ピココンピュータがヘルメットの内面にうつしだしたデータをチェックする。だが、あらたな発見はなかった。センサーが異常な高さのハイパーエネルギー密度を検知し、五本の柱がその放射源であることを苦もなく特定していた。フーリエ解析をやってみたが、使える成果は得られなかった。放射はハイパーエネルギー・スペクトルの大部分に偏《かたよ》りなく散らばっていた。いくつか極大値があったが、なかでも顕著なものが超高周波領域に見つかった。これがグッキーの超能力がブロックされた原因だと考えられる。

ローダンはゆっくりと柱に近づいた。ヘルメットは閉めたままで、バリアも作動させていた。センサーはバリア・フィールドを介して、一メートル進むごとに放射強度が劇的に増加する事実を検出した。ピココンピュータが警告をしめしたので、ローダンは静止した。後頭部のあたりがもぞもぞするのは、超高周波の影響が出はじめた最初の兆候だ。これ以上は近づかないほうがいいだろう。ローダンがやろうとしていることには、明晰な頭脳が欠かせない。

武器を手に握った。すでに分子破壊モードにセットしてある。銃口から淡いグリーンのビームが発射されると、銃身が震えた。いちばん近くにある柱までの距離は二十メートルほど。発射された分子破壊ビームが一連のカラフルな光の球に変わり、柱に向かって滑空した。柱がまばゆい光の粒を放つ噴水に変わり、可視スペクトルの端から端まで、混乱するほど急速に色が変わった。じつに美しい光景ではあったが、砲撃はなんの変化も引き起こさなかった。ローダンが三十秒後に引き金から指をはなすと、光の噴水も崩壊した。さらに一分が過ぎたころには薄暗さに目が慣れたので、柱がうっすらと放つ赤い輝きも見えてきた。どこにも被害がない。

ローダンが指で銃のモードセレクターに触れると、青いシグナルがともった。武器がインパルス・モードに切り替わったのだ。ヒュッという音とともに、おや指ほどの太さのエネルギービームが解き放たれた。最初の瞬間から、今回は柱がまったく違うかたちで反応したことが明らかだった。明るく輝き、ちらつきはじめたのだ。まばゆい閃光が四方へと飛んだ。明るい閃光が、まるで輝く霧でできたカーテンのようにひろがり、強力な放射シールドが生み出すハイパーエネルギーの風にあおられて揺らめいているかのように見えた。

このやり方が正解だった！　ペリー・ローダンは勝った気がした。銃の周波数を変更する。正しい周波数さえ見つけられれば、共鳴が起こって柱が崩壊すると確信したからだ。マイクロ秒間隔でたくさんのインパルスが発射された。パルスシーケンスが遅くなるにつれて、柱のちらつきも強くなりはじめた。揺れているように見える。その美しさに感心するローダンの目の前で、ほかの柱も一定のリズムで明るさを変えはじめた。予想したとおり、すべての柱がエネルギーを通じてたがいに結びついていたのだ。五本でひとつのシステムを構成しているので、一本になんらかの異常があると、ほかの柱にもそれが影響するのである。

よし！　やり方はまちがっていなかった。毎秒五万パルスのところで柱が数秒にわたって光を失い、再点灯したときにはまるで怒りがこみあげているかのようにまばゆい黄色になった。ほかの柱も閃光を放ちはじめていた。パルスシーケンスをさらに五千落としたローダンは、システムがついに崩壊すると予想し、息をのんだ……

そのとき、ピコンピュータが耳ざわりな警告を発したことには気づいたが、それに反応する時間はのこされていなかった。ローダンはまるで棍棒で殴られたかのような強烈な一撃に見舞われた。

そして、静寂と漆黒と忘却につつまれた。

*

最初に感じたのは穴をうがつような頭痛だった。目を開けたいとさえ思えなかった。光が怖かった。記憶がもどってくる。パウラ星系で《ハルタ》をドッキングさせた永遠の船のことを思い出した。事象の地平線を通過する直前におぼえた不安も追体験した。特徴的なかたちをした宇宙ステーションのことを思い出すことができる。グッキーといっしょに宇宙ステーションにジャンプしたことも思い出した。

グッキー……！

その考えが、ローダンに活力を呼びもどした。意識を失ったイルトを、宇宙ステーションの船尾と船首をつなぐチューブ部分にひとりきりで置き去りにしてきたのだった。

グッキーはどうなった？

痛みがじょじょに和らいでいく。サイバー・ドクターが働いていた。セランがつくる空気に、異質な苦いにおいがわずかに混ざっていた。薬品のにおいだ。ローダンは目を開けた。天井のまるいランプからの光の洪水に襲われてまぶたがけいれんしたが、恐れていたほどの苦痛はなかった。

そこはちいさくて殺風景《さっぷうけい》な部屋だった。たいらな台の上に横たわっていた。セランのヘルメットは閉じていたが、バリアは作動していなかった。部屋には窓もドアも見当たらない。ひろさは奥行きが三メートル、幅は四メートル。

「ここはどこだ？」ペリー・ローダンはたずねた。

「不明です」と、ピコンピュータが答える。「意識を失った瞬間、強力な搬送フィールドに飲みこまれました。搬送プロセス自体は、転送機によるジャンプに酷似していましたが、その距離と方向は不明です。探知機による調査も失敗しました。この部屋の壁の向こうについては、なにもわかりません」

最後の言葉が終わるやいなや、べつの声が聞こえてきた。上のほうから聞こえる。まるでだれかが照明を通じて話しかけているようだ。そしてその言葉はインターコスモだった！

「おい、テラナー！　意識がもどったようだな」

ローダンは耳をそばだてた。その声の主が人類だとは思えない。

その声はモデュレーションが人類のそれとは違い、まるで壊れたシンセサイザーが鳴らしたかのようなかすれ音が混ざっていた。

「なぜわたしがテラナーであることを知っている？」ローダンがたずねた。

天井か壁のどこかに通信装置が埋めこまれているのだろう。ピココンピュータがセランの外にローダンの言葉をとどけた。両腕をからだに近づけ、できるだけ自然な動きでベルトのあたりに触れてみた。予想どおり、意識を失ったときに武器も落としてしまったようだ。ホルスターは空《から》だった。

「おまえのことはなんでも知っている」かすれた声が答えた。足が向いている方向にある壁でなにかが動いた。実際には、そこに画面が生じていた。ペリー・ローダンは粘り気のある液体で満たされたタンクをのぞきこんでいるような気になった。画面に不明瞭な筋が走っている。背景のどこかに暗い塊りのようなものがあり、その輪郭は絶えずかたちを変えた。あれが話しているのだろうか？　「なにより、おまえの未来が見える。数分後に、おまえは命をなくしているだろう」

ローダンは自分が見知らぬ敵の手に落ちたことを悟った。セランの探知機がなにも見つけられなかったことから、この殺風景な部屋はなんらかのバリアでかこまれていると考えられる。出口はない。だが、あきらめるつもりもなかった。とにかく時間を稼ぐ必要がある。その見知らぬ種族の正体はわからないが、人類との共通点があると仮定した場合、声にふくまれる満足や皮肉から、虚栄心の強い傲慢な性格の持ち主だと予想できた。

「死ぬ理由が見当たらない」ローダンが軽い口調で答えた。「ぴんぴんしている」

荒々しい犬の鳴き声のような音が響いた。その見知らぬなにかが笑ったのだ。

「おまえには、テラでユーモアと呼ばれるなにかが備わっているようだな。心配するな。おまえは病気で死ぬのではない。生きたまま焼かれるのだ。その部屋の温度があがれば、おまえの宇宙服のバリアでさえ役にたたぬわ」

「どうやって温度をあげるのだ？」ローダンがまっすぐ問いただした。

また荒々しい笑い声が聞こえてきた。

「熱発生機だ。わたしがコンピュータを操作してその出力を調節する」

「つまり、きみはわたしを殺すつもりなのか？」

「そう、そのとおりだ」相手が答えた。

「なぜ殺そうと思う？　きみはいったい何者なんだ？」

「ロングンアタアン」それが答えだった。「わたしがおまえを殺す理由が知りたいのか？　おまえがじゃまだからだ。おまえのいまいましい好奇心がうっとうしい。それに、おまえは生物学実験室の貴重な装置を破壊したではないか」

「ロングンアタアン、ロングンアタアン」と、ペリー・ローダンはつぶやいた。「どこかで聞いたことがある」

かすれた声から、その持ち主の感情は聞きとれなかった。だが、ローダンのつぶやきがそいつを驚かせたようだ。

「わたしの名を聞いたことがあるだと？　そんなはずはない。どこでだれから聞いたというのだ？」

ローダンは頭をフル回転させた。ここでなにを答えるかで状況が変わる。時間稼ぎとなる答えはなんだ！　時間ができたら、《ハルタ》に向けてメッセージを送り、自分の居場所を突きとめさせる。それがうまくいくかどうかは、この部屋をかこむバリア・フィールドがどの程度まで低周波のハイパー放射を吸収するかによっても変わる。そもそもメッセージがバリアをこえられるかどうかもわからない。

突然、ローダンは硬直した。ヘルメットの受信機から、かすかなささやき声が聞こえてきたのだ。その声はこういった。

「自分のいる場所のことを念じて！」

＊

グッキー！　それ以外にありえない。グッキーは目標を必要としている。目標地点とその周辺のだいたいのようすがわからないと、うまくテレポーテーションできないのだ。

ペリー・ローダンは壁や天井を眺めた。脳が視覚情報を処理してメンタル・インパルスを発生させると、それをイルトがキャッチしてくれる。

「答えはないのか？」かすれた声がたずねた。「わたしのことはなにも知らない、そうだな？」

「いや、聞いたことがある」

「どこでだ？」

「銀河系の端に位置する球状星団にあるサトラングという名の惑星でだ。サトラングの隠者という者がおまえの名を口にした」

「サトラングの隠者は死んだ！」一瞬の間もなくそう返ってきた。どうすれば、こいつをもっと動揺させられるだろうか？ 「きみの同胞がかれを殺した。わたしはサトラングの隠者と言葉を交わしたのだ。そのあとで……」

「うそをつくな！」信じたくないようだ。「サトラングでなにが起こったのか、だれも知らない！」

狙いは的中した。ロングンアタアンは動揺している。

「ふざけたことを」ペリー・ローダンはあざ笑った。「きみらのあくどさや非道さは知れわたっている」ローダンは大胆な作戦を思いついた。そして、それをすぐに実行にうつす。「カンタロはどこへ行こうと、かならず高度に発展した文明から嫌われ、さげすまれるのだ」

まったくもって当てずっぽうだった！ もし、ロングンアタアンがカンタロでないのなら、ローダンのはったりを見抜いただろう。テラナーは固唾《かたず》をのんで耳をそばだてた。グッキーはどうなった？　なぜなにもいってこない？　ローダンは部屋をかこむバリア・フィールドのことを考えた。イルトに警告を伝えるためだ。テラナーにはこのエネルギーバリアを抜けることはできない。特定の周波数をもつハイパーエネルギーフィールドに触れることは、グッキーにとっても危険だし、場合によっては致命的だ。

「どうやら、本当にある程度のことは知っているようだな」ロングンアタアンはショック状態から回復しつつあるようだ。「おまえが知っていることはすくない。だがそれでさえ、わたしにいわせれば知りすぎだ。きさまは危険な存在、いますぐ消さねばならぬ。わたしが……」

声がとぎれた。壁にうつしだされていたぼやけた映像に、突然それまでなかった動きが見られた。どこからともなくふたつの人影があらわれたのだ。ひとりは大きく、ひとりはちいさい。ローダンはすくみあがった。まさか、グッキーが敵本陣に殴りこんだのか？　なら、あの大きいのはだれだ？

　受信機から叫び声が聞こえてきた。

「何者だ！　どうやってこのロングンアタアンのコントロールセンターに侵入した？」

「きみの防御態勢を出し抜く方法なんていくつもあるよ」グッキーの甲高い声だ！

「さあ、光学的ひずみフィールドを消して。ぼくがつかまえたやつの顔を見たいからね」

気をつけろ、グッキー！　ローダンは絶望にも似た気持ちで強く念じた。そいつはカンタロだ！

「きみはカンタロだね」グッキーの声が聞こえてきた。「変な動きを見せたら死ぬよ。きみは囚われたんだからね」

「おまえのようなちびにはだれもつかまえられない！」ロングンアタアンの声にはじめて動揺があらわれた。恐れているのだ。

「コヴァル、さあ、そいつを！」グッキーが命じた。「あぶない、やめろ……！」ペリー・ローダンが立ちあがった。映像が明るく輝いた。耳をつんざくような鋭い音が聞こえたかと思うと、映像が崩れた。そしてしずかになった。

「こんなつもりじゃなかったけどね」部屋の別方向から声が聞こえた。

ローダンは振り返った。一歩の距離にイルトが立っていた。グッキーと手をつないで横に立っていたブガクリスの男、コヴァル・インガードの目は大きく開かれ、恐怖がにじんでいた。

「あいつの思考はぐちゃぐちゃだったんだよ」グッキーが説明をはじめた。「思考を受信することはできたけど、よく理解できなかったんだ。でも、あいつの精神の声には聞きおぼえがあった。きみが注射で殺されそうになった実験室で聞こえたのと同じ声だったんだ。ロングンアタアンがいた部屋には、見たこともないような機械が山ほどあったよ。かれがパニクってたのがわかった。〝おまえのようなちびにはだれもつかまえられない！〟ていってさ。だから、ぼくはコヴァルをけしかけたんだ。でもその瞬間、はっきりと理解できるほど強烈な思考が飛びこんできた。〝なぜなら、おまえを道連れにしてわたしも死ぬからだ〟って、ロングンアタアンが考えてた。だから、一刻も早く部屋から逃げることだけを考えたのさ」

「やつは自殺したのか？」ローダンが訊いた。

「半径二十メートルか三十メートル以内にいた生物のすべてを道連れにしてね」がイルトの答えだった。「すごい爆発だったよ」

「ほかにだれかいたのか？」

「爆発の範囲内にだれかいたかどうかはわからない。ロングンアタアンがコントロールセンターと呼んだ空間は、とても秘密に満ちた場所だったよ。ほかのだれかがあそこに入ることが許されていたとは思えないね」

　コヴァル・インガードはようやくショックから立ちなおった。かなり厳重に武装してきたようだ。ぎこちない動きでベルトからコンビ銃を抜き、ローダンにさしだした。ローダンは銃の状態を確認してから、その武器をホルスターにさしこんだ。

「カンタロとのはじめて遭遇だった」ローダンはしみじみといった。「できれば、生きたまま捕らえたかった」

「これからどうする？」グッキーが口をはさんだ。「正直、このあたりにはもう長居したくないよ」

「そもそも、ここはどこなんだ？」

「宇宙ステーションの船首部分だよ」

「あとで、わたしの居場所をどうやって見つけたのか、教えてくれよ」ローダンはいった。「いまはともかく《ハルタ》へもどろう」

ローダンがさし伸べた手をグッキーが握った。

5

「ようやく意識がもどって、それからきみがのこしたメッセージを聞いたんだ」グッキーがことの顛末を話しはじめた。「きみがぼくを置いていってから一時間以上が過ぎてたから、心配になって。でも、あの五本の柱の放射があるかぎり、きみを追うこともできなかった」大きな一本牙を見せて、にやりと笑った。「だから外、まあ、外って表現が正しいのかわかんないけど、とにかく外にジャンプして、宇宙ステーションの前とうしろをつなぐチューブに沿って浮遊したんだ。もちろん、柱の放射が外にも漏れていると思ったから、安全な距離を確保してね。でも、意外なことに、柱の部分はとてもよく遮蔽《しゃへい》されているみたいで、また近よることができた。きみの心の声がまったく聞こえなかったので、心配したんだぜ」グッキーはペリー・ローダンをじっと見つめた。ほかのメンバーは息をのんで話に耳をかたむけている。タラヴァトスがグッキーの報告を記録していた。「そうやって、船首部分にたどり着いたんだ！　セランが独特なシグナルをたくさん検出したけど、解読はできなかった。そのうち、きみが意識をとりもどしたんだ。思考が聞こえた。もちろん、船首領域の内側にはたくさんの思考があったけど、ほかの声には耳を貸さずに、きみだけに集中したんだ。すると突然聞きおぼえのあるふたつめの心の声が聞こえてきた。それがロングンアタアンで、きみと話していた。ぼくは助けが必要だと思ったから、《ハルタ》に跳んで、コヴァル・インガードを連れてきたんだ。それには数秒しかかからなかったね。そして、テレパシーできみに自分のいる場所を教えるようにいったの。最初、自分でカンタロの相手をするつもりはなかったんだけど、突然かれが正気を失って、きみをすぐにも殺そうとしたんだ。考えてるひまなんてなかったよ。とにかく、ロングンアタアンをとめなきゃって思ったのさ。だって、きみのところに行くにしても、その場所を特定するまでにきみがあの世に行っちゃってたら意味ないでしょ。あとはきみの知ってのとおりさ」

「でも、わたしたちは知らないわ！」エイレーネがいった。「わたしたちにも聞かせてよ」

　グッキーは、ローダンに話したことを、ほかのメンバーにもいって聞かせた。

「くそったれ」レジナルド・ブルがうめいた。「はじめてほんもののカンタロがそこにいたのに、指のあいだをすり抜けちまった」

「カンタロが一名いたということは、ほかにもいるということじゃないですか」コヴァル・インガードがいった。「そいつらを探しに、もう一度宇宙ステーションへもどらないと」

　ペリー・ローダンは首を横に振った。

「いや、もっといい方法がある」と、いう。「ロングンアタアンが搬送フィールドを使ってわたしをあの部屋に引きよせる前に、わたしがなにをしたか、まだ話していなかっただろ」

　ローダンは五本の柱に対して行なった実験について話して聞かせ、こう締めくくった。

「イホ・トロトが過去の柱について印象的に語ったので、われわれはこうしてここまでやってきたのだが、トロトの足跡は柱の向こうへつづいていると考えてまちがいない。わたしは過去の柱の向こうになにがあるのか、どうしても知りたい。柱にはハイパーエネルギーが関係しているが、いまのところそれ以上のことはわからない。同時に、柱は障害でもある。この点で、宇宙ステーションでのわたしの経験が役にたつと思う。わたしの考えでは、ステーション内の柱と、時空の泡の中心にある柱は同様の構造でできている。《ハルタ》は複数の大口径インパルス砲を装備している。この障害を穏便にこえる、あるいは迂回することができないのなら、われわれは進む道を自分の手で切り開くしかない」

「その場合は当然ながら、道徳的な懸念が生じるわ」エイレーネが利口ぶっていった。

　ペリー・ローダンは自分の娘に目を向け、笑いかける。

「そうくると思ったよ」といって、こうつづけた。「逆に、きみがそういわなかったら、がっかりしたろうな」

エイレーネは、愛情たっぷりながら、小ばかにもしているような父親の言葉には反応しなかった。エイレーネはいたって真剣なのだ。

「ここにあるのは、自然にできたのではない、明らかに人工的につくられた、あるいは建てられた構造物よ」エイレーネは話しはじめた。「だれがつくったのかも、建物と呼ぶのが適切かどうかもわからないけど、とにかく、わたしたちに他人の建物を破壊する権利があるの？」

エイレーネはもうすぐ十八歳になる。人類や非人類を相手にしたときのふだんのエイレーネは、陽気ではつらつとしていて、おてんばなティーンエイジャーだ。だが、ときどきそのような年齢にふさわしい態度を脱ぎ捨て、十八歳前とは思えないほどの知性や成熟を見せる瞬間があった。そのたびに、エイレーネを個人的に知る者は、彼女がコスモクラートであるヴィシュナの具象と呼ばれた者の娘であることを思い知らされた。ゲシールの遺産はエイレーネに受け継がれた。一見した印象から、ローダンの娘のことを知的ではあるがほかの点ではごくふつうのティーンエイジャーと考える者は、すっかりだまされているといえる。

ペリー・ローダンはエイレーネの主張を軽くいなすことはしない。娘の意見には、しっかりとした根拠をしめして答えなければならない。

「柱を守っていたのはカンタロだった」ローダンは話しはじめた。「そいつは宇宙ステーション内の柱を傷つけ、破壊しようとしたわたしの行動を敵対的とみなし、わたしを罰しようとした。そこまでは当然だ。だが、われわれの道徳観からすれば、わたしを殺そうとするのはいきすぎだ。たしかにこの点に関しては、カンタロの法律あるいは道徳観はわれわれのそれよりもはるかにきびしいのだといえるかもしれない。

だがここで重要なのは、柱にはまだ傷ひとつついていないにもかかわらず、ロングンアタアンはわたしを捕らえ、さらには殺そうとした点だ。わたしは知りすぎていたから、死ななければならなかった。わたしの知識の多くは、実際には山勘が当たっただけだということは、ロングンアタアンはもちろん知らなかった。だが、知りすぎているから殺すというのは、どこをどう見ても道徳的ではない」

ローダンはエイレーネをじっと見つめ、答えをうながした。エイレーネはうなずいた。

「そこまでは納得したわ。つづきを話して」

「ロングンアタアンが柱の守護者だということは、カンタロが柱を立てたということだろう」ローダンはつづけた。「そして、われわれがこれまで経験してきたことから、カンタロを友好的な種族とみなす理由はほとんど見つからない。それどころか、もしカンタロとテラナーが遭遇したら、最初の瞬間からすぐに敵意に満ちた争いが勃発する可能性のほうが高い。つまり、過去の柱は敵の所有物なので、わたしは自分に有利になるように、それに対処しなければならないのだよ」

エイレーネが立ちあがった。その怒りはほんものだった。「なんてでたらめで身勝手な詭弁なの！」と、叫ぶ。「憶測やへりくつばかり。憶測がまちがっていたらどうするの？　もしロングンアタアンが……」

「もうやめだ」怒り心頭に発したレジナルド・ブルが吠えた。「弁論はもう充分だ。もし！　もし！　そればかりだ。　もしイホ・トロトが柱の向こうで助けを待っていたらどうするつもりだ？」

ペリー・ローダンはすこし気まずそうに見えた。議論でエイレーネに負けたからだ。それでも、自分が主張したとおりにしなければならないと思った。

「ああ、それこそが本当の理由だ」小声でつぶやいた。

＊

一時間ほどひとりになるためにキャビンにもどった。考える時間が必要だった。すこしばかりの食事を用意し、その味を楽しんだ。エイレーネとの議論自体は苦痛ではなかった。父と娘はそうした口論をするものだ。エイレーネには、してもよいことと、しなければならないことの区別がついている。いざそのときがきたら、過去の柱への攻撃に反対することはないだろう。なにしろ、友であるイホ・トロトの身の安全がかかっているのだから。

いま考えなければならないのは、べつのことだ。過去の柱とは、いったいなんなのだ？　なんのために存在する？　時空の泡の向こう半分を守るためのバリアにすぎないのだろうか？　泡は宇宙ステーションと同じかたちにつくられているとタラヴァトスはいった。いま《ハルタ》が漂っている場所は、宇宙ステーションでいえば船尾部分に相当する。永遠の船は船尾に停泊している。服従心を証明し神々に奉仕することが許されたベカッスらは船尾に連れていかれた。遺伝子実験に利用されるとも知らずに。しかし、宇宙ステーションの中枢は、つまりステーション全体を指揮および統制しているのは船首部分だ。ロングンアタアンのコントロールセンターも船首にあった。タラヴァトスの推測にしたがえば、時空の泡にとって宇宙ステーションの船首に相当する部分は、いまの《ハルタ》から見て、過去の柱の向こう側に存在する。この泡と、そこに存在する宇宙ステーションの存在意義を知りたければ、柱の向こうへ行かなければならない。

だが、わからないことが多すぎる。このすべてがブラックホールの事象の地平線下にある理由は？　ブラックホールの内側は、いい換えれば事象の地平線と特異点の中間にあるタブー領域であり、かくれ家としては最高だ。ブラックホールに飛びこもうとする勇敢な者はそうそうあらわれるものではない。ここにあるかぎり、宇宙ステーションの運営者は好奇心豊かな旅人の訪問を恐れなくてもいいということだ。なら、いったいなにをかくしている？

カンタロという種族については数多くの報告がなされている。そのどれひとつとして友好的なものではなく、むしろかれらが秘密を好む種族であることがわかる。カンタロの姿を知る者はいない。グッキーとコヴァル・インガードにすら、ロングンアタアンの本当の姿を見ることができなかった。光学的ひずみフィールドの背後に身をかくしていたからだ。カンタロがどこからきたのかもわからない。唯一たしかなのは、カンタロの技術は、局部銀河群のどの集団のそれよりもすぐれているという点だ。

正体をかくすことにそれほどまで固執《こしゅう》する種族なのだから、もっとも重要な施設をブラックホールの事象の地平線下にかくそうとするのも不思議ではない。

疑問はもうひとつある。パウラ星系のブラックホール内に存在する施設の目的だ。永遠の船が定期的に周遊し、選抜者を集めては宇宙ステーションにもたらし、そこで遺伝子実験をやっているということは確実だ。もしかすると、カンタロはあらたな種族を飼育し、従順な奴隷として利用するつもりなのかもしれない。どうやら、パラメンタル能力の開発がおもな関心のようだ。変異したベカッスのモンスターとの遭遇から、そう推理するのが当然だろう。

カンタロの遺伝子研究者がだれにもじゃまされずに実験を行なうためだけにブラック

ホール内にあんな施設をつくったとは考えられない。過去の柱は遺伝子工学と関係しているのだろうか？　おそらく、なんの関係もないのだろう。考えれば考えるほど、ペリー・ローダンには、永遠の船が飛びこんだ時空の泡は、これまでに推測されてきたよりもはるかに大きな目的のためにつくられたのだと確信するにいたった。

そんなことを考えていたところ、インターカムが鳴った。

「宇宙ステーションの船首領域にいる何者かが本船の主《あるじ》との対話を望んでいます」サーボが説明した。

「わたしはこの船の主でもなければ、だれの主でもないよ」ローダンは笑った。「だが、対話には応じよう」

*

ヴィデオ映像が浮かびあがった。映像は鮮明ではなく、縞《しま》模様のようなノイズが走っていた。ローダンが拘束されていた部屋の壁に、ロングンアタアンがうつした画像に似ている。

「おまえが侵入者のリーダーか？」独特な響きをもつ声がグラド語で話しかけてきた。

「われわれの場合、リーダーとそうでない者の差がとてもちいさいのだがね」ペリー・ローダンは答えた。「きみが話したいと思う相手は、わたしかもしれない。だがその前に、わたしに顔を見せてくれない理由を教えてくれないか。きみにはわたしの顔がはっきりと見えているのだろう？」

「おまえの映像を受信している」相手は認めた。「そのうち、おまえにわたしの置かれた状況を説明する機会が訪れるだろう。わたしは近くに敵がいる。その最悪の一名を、おまえがとりのぞいてくれた。礼をいわせてもらおう」

「きみはだれだ？」ローダンがたずねた。「どう呼べばいい？」

「そのうちわたしの正体を明かそう。いまはラカルドーンと呼んでくれ」

「わかった、ラカルドーン」ペリー・ローダンは考えをめぐらせながら、ゆっくりと話した。時間を稼ぐためだ。見知らぬ相手の話し方と不自然な声の響き、どちらもはじめてとは思えなかった。「用はなんだ。わたしとなにを話したいのだ？」

「用はない、ペリー・ローダン」顔のない声が答えた。「すでに述べたように、礼をいいたかった。感謝のしるしとして、きみの役にたちたいと思う」

ローダンは驚きをかくすのに苦労した。こいつはだれだ？　ロングンアタアンのことを、最悪の敵と呼んだ。こいつもカンタロなのだろうか？

「なぜわたしの名前を知っている？」

「あの暴君がその名を知っていた」声が答えた。「その名を耳にしたのは、わたしがあいつの奴隷だったころ。あいつにはわたしを疑う理由がなかった。あいつの種族は全員、おまえの名を知っている」

「暴君とはだれのことだ？」ローダンが問い返した。

「だれが暴君だと問うのか。もう知っているだろう。おまえの仲間から攻撃されて、あいつは究極の方法で対処した。その名はロングンアタアン」

　ペリー・ローダンは頭をフル回転させた。そのようなぎこちない話し方を、こいつはだれから教わった？　だれがそんな口調で話す？　答えがすぐそこまで出ているのに、つかむことができない。

「感謝のしるしといったな」ローダンはつとめて冷静に話した。相手に話し方のちいさな変化を察知して正しく解釈する力があるのかどうか、まだわからない。「きみがわたしの役にたてるかどうか、わたしにはわからない。わたしはいま、敵地にいるのだ。きみもわたしを罠にはめようとしているのかもしれない」

　あえて挑発してみた。相手の反応を見るためだ。ローダンは、この見知らぬ相手が実際に、膠着《こうちゃく》状態におちいった自分たちを救う味方になってくれるかもしれないと思えた。だが、まだ確信はできなかった。

「そのような疑いの言葉を聞くと心が痛む」ラカルドーンと名乗った相手がいった。

「だが、信じられないのもむりはない。おまえがここでなにを探しているのかを教えてくれたら、わたしにおまえを本当に助ける気があることを証明できるのだが」

「わたしの船は永遠の船と結びついて事象の地平線下にあるこの空間に入りこんだ」ローダンはためらいなく話した。「そして、また通常宇宙へもどる方法を探している。もどり方を教えてくれるか？」

これはテストだ。実際には、まったく違うことを考えていた。ローダンは緊張の面持ちでラカルドーンの答えを待った。

「それはできない、ペリー・ローダン。わたしが今後もロングンアタアンの下で働き、かれから信頼される立場になったのなら、この宇宙ステーションの秘密のすべてが明かされる日がきたことだろう。だが、暴君は死んだ。したがって、わたし自身、現状のわずかな知識でここから出る道を見つけなければならないのだ」そしてすこし間を開けてからこうつづけた。「だが、おまえは本当のことを話していない。おまえは永遠の船とともに、なぜここにきたのだ？　目的はなんだ？」

「もうずいぶん前に過去の柱のところで消息を絶った友を探している」ローダンはつつみかくさず答えた。

「四本腕の預言者を探しているのだな」

それは問いではなく、確認だった。

「聞いたことがあるのか？」

ローダンはできるだけ冷静に話そうとしたが、うまくいかなかった。

「そいつは何年も前に監視区域に侵入した」ラカルドーンがいった。「そして、ロングンアタアンの前任者によって柱の向こうの国へと追放されたのだ」

ペリー・ローダンはイホ・トロトのその後が気にかかったが、まずはべつのテーマについて確信を得なければならなかった。

「きみはあれのことを柱と呼ぶのか？」ローダンはたずねた。

「過去の柱だ」ラカルドーンが答えた。「ブラック・スターゲートの建造に携わった者は、だれもがそう呼んでいる」

「その役割は？」

「そうあわてるな、ペリー・ローダン」見えない相手がなだめた。「あせる気持ちはわたしにもわかる。わたしも暴君の知識をすべて吸収したい。だが、ことは慎重に進めなければならない。わたしはいまだに奴隷という立場にある。さまざまな罠が仕掛けてあって、権限がないのに知識を手に入れようとする者を捕らえて、殺そうとする。わたしにも柱の働きはわからない。その向こうになにがあるのかも知らない」

「つまり、きみはわたしの役にたたない」ローダンがいった。

「たしかに、柱の働きは知らないとはいった。だが、影響をあたえることはできる」

ローダンはじっと聞き入った。

「どういうことだ？」半信半疑に問い返した。「どうして働きのわからないなにかに、影響をあたえることができるのだ？」

「わたしは制御専門家としてロングンアタアンの下で働いていたのだ」ラカルドーンが答えた。「わたしには特殊な能力があって、それを使うことで、暴君は過去の柱を容易にコントロールした」

ペリー・ローダンはいますぐ答えが知りたかった。

「つまり、きみはわたしを柱の向こうへ行かせられるのか？」

「それがおまえの望みなら」

ラカルドーンの言葉のなかに、記憶をくすぐるなにかがひそんでいた。〝特殊な能力〟が鍵となる。その言葉、独特な声音《こわね》、そして特徴的な口調！

ローダンの目からうろこが落ちた。驚きのあまり、一秒ほどぼうぜんとしたほどだ。

「きみはナックだ」

映像に動きが生じ、輪郭のはっきりした鮮明な像を結んだ。ブルー・ナックの上半身がうつしだされた。

「そのとおり」ラカルドーンがいった。「わたしはナックだ」

6

「もちろんリスクはある」意見してきたベオドゥに、ペリー・ローダンが答えた。「われわれはいま、敵が支配するミニチュア宇宙にいて、謎が多く、どのような精神状態にあるのかもわからないナックに助けをもとめようとしているのだからな。ラカルドーンを完全に信頼するわけにはいかない。だが、細心の注意をはらえば、リスクはかなり減らせるだろう」

レジナルド・ブルはそのような議論には関心がなかった。ブルにとっては、《ハルタ》は過去の柱へ向かって進むべきだという結論がとっくに出ていた。むしろ、知りたいのはべつのことだ。

「そいつは、柱の意味や目的についてはなんと?」ブルがたずねた。「この宇宙ステーションは? 本当にただの遺伝子組み換え工場なんですか? 事象の地平線の下にある理由は? 時空の泡は……」

ローダンは、もうよしてくれといわんばかりに両手をあげてほほえんだ。「ラカルドーンはナックだぞ。自分の任務以外のことにはまったく興味がないんだ。ベカッスのことも、遺伝子実験についても、なにも知らない。永遠の船のことは知っていた。永遠の船の通行を可能にするために、時空の泡の端にある構造開口部を操作するのが任務だったからだ。それに、ナックの身分は奴隷でしかない。ロングンアタアンはラカルドーンに必要なこと以外はなにも教えなかった」

「そのナックはどうやってここへきたの？」エイレーネが問いかけた。「自分の運命についてなら、すこしぐらい話せるのでは？」

「ナックは特殊な能力がゆえに使役《しえき》される」ローダンが答えた。「エスタルトゥの十二銀河でもカンサハリヤでもそうだった。カンタロも同じだ。カンタロという種族は、そもそもかれらが何者かすらわからないのだが、プシオン能力に長《た》けた労働者を必要としている。時空の泡内部の施設の運営には超高周波のハイパーエネルギーが欠かせないからだ。そこでラカルドーンのような生物の出番というわけだ」

「ラカルドーンはロングンアタアンを見たはずです」この問いだけは自分にいわせろとばかりに、レジナルド・ブルが口をはさんだ。「カンタロの見た目を描写できるのでは？」

「わたしもそう思ってたずねてみた」ローダンがほほえんだ。「もちろん、ラカルドーンはロングンアタアンを見たことがある。だが、かれが記憶しているイメージを聞いたところで、われわれにはどうすることもできない。ナックは世界をわれわれとはまったく違うかたちで見ているからな」

「カンタロはプシオン能力をもつ労働者を必要としているのよね」エイレーネがいった。

「なら、この宇宙ステーション内でどのぐらいの数のナックが働いているの？」

「ラカルドーンだけだ。ロングンアタアンが死んだことで、ラカルドーンが宇宙ステーションの船首にいる唯一の生物になった。のこりはロボットだけだ」

「でも、労働者が必要だっていったじゃない」エイレーネは納得しなかったようだ。

「カンタロのために働いているほかのナックはどこにいるのかしら？ブラックホール内にはこんな施設がいくつもあるの？」

ペリー・ローダンは娘が披露した筋の通った論理思考に感銘を受けた。

「その点も訊いてみた」ローダンは答える。「だが、ラカルドーンはなにも知らなかった。同族と接触したことはないらしい。だが、この種の施設が複数存在すると想定しておくべきだと、わたしは思う。カンタロの真の目的は、いまも謎なのだからな。つけくわえておくと、カンタロのために働くと決断したことを、ラカルドーンはとっくの昔から後悔していたそうだ。ロングンアタアンはラカルドーンを奴隷としてあつかった。カンタロは絶対的な主で、生死にかかわるほどの暴力さえもちいた。ラカルドーンは自分の任務を記したリストをあたえられたそうだ。だが、それがなんのための仕事なのか、教えてはもらえなかった。命じられて回路はつくったが、それでなにが起こるのかは知らなかった、というわけだ。ロングンアタアンが死んだいまになってようやく、かれは宇宙ステーションの探索をはじめた。それがなんのためにあるのかを知るためにね」

エイレーネは黙りこんで考えにふけった。レジナルド・ブルは自分にうまく質問をする才能が欠けていることに気づいて口を閉ざした。グッキーはハルト人向けの大きなシートに沈みこんでリラックスしている。ベオドゥはそこにいなかった。すこし眠るために自室へもどったのだ。

コヴァル・インガードはローダンの話に聞き入っていた。とても興味があるようで、聞いているさいの感情が顔に出ていた。ときどき、驚いた表情も見せた。自分には理解できない技術的な話をローダンがしたときもそうだった。しかし、コヴァル・インガードの理解力はこの数日から数週間でかなり向上したといえる。エイレーネが感動的なまでの熱心さで、最先端技術の数々を教えこんだからだろう。

ペリー・ローダンが話し終えたとき、ブガクリスの男は口をぽかんと開けて立ったまま動かず、つづきを聞きたそうにしていた。つづきがないとわかったとき、驚きの表情を見せてこういった。「じゃあ、そのナックは長い話をしたのに、そのうちのただひとつとして、本当かどうかをたしかめることができないのですね。それでも信じるのですか？」

「ラカルドーンのいうことは信用に値《あた》いする」ローダンは説明した。「かれがナックだという事実を考えれば、なおさらだ」

「信用に値いするというのがどういうことなのか、わたしにはわかりません。ナックがどうこうという話も」コヴァル・インガードが応じた。「ですが、いまの状況では、わたしなら赤の他人のいうことをあっさり信じたりはしないでしょう」

「もしきみが殺し屋陛下の大群にかこまれていて、それまで会ったこともない砂漠の民のトロナハエが助けを申し出ても？」ペリー・ローダンはブガクリスの男にとって、ブラックホールよりもなじみ深い状況をたとえとしてもちいた。

　その問いについて、コヴァル・インガードは数秒間考えたのち、こういった。

「その場合は、たしかに。ですが、用心はします」

「そのとおり」ペリー・ローダンが満足そうにいった。「われわれも用心しよう」

*

　探知機が奇妙な映像をとどけてきた。画像全体を五本の光る構造体が横切っている。過去の柱だ。それらのエコーが直線上にならぶ楕円としてしめされていた。五つの楕円がなすラインがふたつの世界を分ける境界線だ。境界線の手前では、ハイパーエネルギーのノイズが大量に発生し、ノイズのインパルスが目でかろうじて捕捉できるすばやさで微少な閃光を明滅させている。一方、境界線の向こうは闇の世界だ。過去の柱の向こうには、漆黒の闇がひろがっていた。柱が生成するハイパーエネルギーフィールドがバリアとなり、なにも探知できない。《ハルタ》の探知機のアンテナは、柱の向こう側からくるインパルスをただのひとつも受けとらなかった。

〝柱の奥の国〟の入口となる境界線は、タラヴァトスによると、宇宙ステーションから百十キロメートルはなれた場所にある。船載コンピュータはエネルギー消費データをもちいて距離を計測した。加速後、中速で飛行した移動は一時間強で停止するにいたった。事象の地平線のもとでは、とりわけ時空の泡の微小宇宙の内側では、空間と時間の構成が外部から観察するそれとはまったく異なっている。

ペリー・ローダンがラカルドーンに連絡を試みたとき、《ハルタ》の司令室は機械がときおり発する騒音以外、完全な沈黙が支配していた。ローダンはナックのラカルドーンから、いつでもつながるハイパー周波数を教えてもらっていた。ローダンはマイクロフォンの光り輝くエネルギーリングを手前に引きよせ、話しはじめた。

「われわれの船は約束した場所に到着した。きみが本当にバリアを無効にできるのなら、いまやってくれ！」

数秒が過ぎたころ、映像が浮かびあがった。そのナックとはじめて接触したときを思い出させる、ノイズの走るぼやけた映像だ。どうもおかしい。ラカルドーンが自分の姿をかくそうとする理由はないはずだ。かれは近くに敵がいるというような話をしていた。その会話が傍受されていたのだろうか？

「約束どおりにことを進める、ペリー・ローダン」おぼろげな映像からナックの声が聞こえた。「中央の柱の光が消えたら、船で通行可能だ」

「われわれはしばらくのあいだ柱の奥の国にとどまるだろう」ローダンがいった。「もどるときには、またきみの助けが必要になる。だが、バリアを超えて通信はできない。われわれがもどるタイミングを、きみは知ることができるのか？」

「それはむりだ。なにか方法を考えなければならない」ラカルドーンは答えた。「一定の間隔で障害をとりのぞくというのはどうだ。たとえば、おまえの時間計算で六時間に一回などだ。そうすれば、おまえは中央の柱が消えるのを待つだけでいい」

「いい考えだ」ローダンが褒めた。

「これまでの時間を使って、ロングンアタアンがのこしたものをすこし調べてみた」ラカルドーンがつづけた。「わたしの見るかぎり、ロングンアタアンはこの施設の本来の役割をはるかに超える内容の実験を行なっていたようだ。カンタロ語の基礎知識も身につけた。カンタロ語では、この柱を〝マルムタフ・ウ・フォングバンナフトク〟と呼ぶようだ。〝マルムタフ〟は、だれもが予想できるように〝柱〟を意味する。ウは所有格の接頭辞。だが、〝フォングバンナフトク〟は〝過去〟という意味ではない。本当の意味はもっと複雑で、とても翻訳しづらい。〝過去の創造〟がいちばん近い解釈だろうか。あれこれ考えてみたのだが、この言葉がなにを意味しているのか、いまもわからない」

ペリー・ローダンは考えこんだ。

「過去の創造の柱」と、つぶやく。

「まるでタイムマシンを詩的に表現したみたいだ」それまでの会話をじっと聞いていたレジナルド・ブルがコメントした。

「ロングンアタアンがなにをしようとしていたのかをひもとくヒントは見つからなかったのか」ローダンがナックにたずねた。

「いまのところは」ラカルドーンが答えた。「だが、今後も調査をつづけ、いつかやつの秘密を暴《あば》くつもりだ。その日がきたら、おまえに真っ先に教えてやろう」

「ねえ、探知機映像を見て！」その瞬間、エイレーネが叫んだ。

五つの楕円のうち、中央のそれが消えた。柱の列の向こう側に、ハイパーエネルギーの乱れにより生じた閃光のきらめきが見える。バリアに穴が開き、そこから統制なくインパルスが流れこんだのだ。

「ラカルドーン、きみには感謝している」ローダンがいった。「きみの操作は成功した。道が開けたようだ」

「幸運を、ペリー・ローダン」ナックが答えた。「おまえの友、四本腕の預言者が見つかることを祈っている」

　映像が消えた。ペリー・ローダンは船載コンピュータとのコミュニケーションをつかさどるサーボに顔を向けた。霧のように淡く輝く像がコンソールの上に浮かんでいた。

「低速前進、タラヴァトス！」ローダンが命じた。「ラカルドーンが開けてくれた隙間を抜ける」

＊

「ほかにはなにもないのか？」ペリー・ローダンは信じられないといった表情で探知機が視覚的に表示したデータを眺めた。

「なにもありません」船載コンピュータの声が答えた。「時空の泡の後方にはこの物体以外にはなにも存在しません」

　そこにうつっているのはほぼ球形の退屈な岩だけだ。直径は千五百キロメートルで、その表面には無数の渓谷とクレーターが見える。岩塊表面の地形は隕石の跡だと考えられるが、ここ時空の泡には隕石など存在しない。つまり、この岩塊は通常宇宙からきたということだ。だれかが事象の地平線をこえて、ここに運びこんだ。その目的を考えずにいられるわけがない。

「エネルギー活動は？」ローダンがたずねた。

「ありません」タラヴァトスが答えた。「この岩には、岩にふさわしく、生命活動がありません。もちろん、光もいっさいありません。表面温度は絶対零度を基準に〇・三度です」

映像の横に探知機のデータがしめされた。ふたたび勢ぞろいした過去の柱はもうずいぶん後方にある。ラカルドーンが開けた隙間を抜けてから、《ハルタ》は一億二千五百万キロメートルを飛行した。時間にしておよそ一時間半。ナックに連絡してみようとも試みたが、うまくいかなかった。五本の柱の列はハイパーエネルギーと電磁インパルスをすべて遮断するので、時空の泡の前方と後方での通信は不可能だ。

問題はイホ・トロトだ。イホ・トロトは本当に境界線をこえたのだろうか？　ラカルドーンの話では、ロングンアタアンの前任者がハルト人のイホ・トロトを柱の向こうにある国へ追放した。それはどこだ？　どこを探せばいい？　イホ・トロトは広大な虚無空間のどこかを漂っているのだろうか？　そうは思えない。もしイホ・トロトが時空の泡のこちら側に閉じこめられたのだとしたら、いつかきっとこの岩を見つけ、そこに向かったにちがいない。ハルト人には、ほかの生物なら短期間で死滅するような環境にさえ耐える能力がある。イホ・トロトなら真空のなかでさえ生きられるはずだ。だが、ここにいたのなら、まちがいなくあの岩塊をめざしたはずだ。広大な無のなかに存在する、唯一の点なのだから。それがだれであれ、イホ・トロトを探しにきた者は、まずはあの岩塊を調べるだろう。イホ・トロトもそう考えたにちがいない。

「あそこに着陸する」ペリー・ローダンが決断した。「イホ・トロトがなんらかのシグナルを発しているかもしれない。計測ならびに検出装置をフル動員して、その捕捉につとめること。もし実際にここにいるのなら、かれは身体物質を結晶化し、生命活動を極限にまで減らしていると考えられる」

「了解しました」船載コンピュータが答えた。「針路変更」

半時間後、《ハルタ》は、比較的たいらな二平方キロメートルのひろさの土地を着陸地点として、ごつごつとした岩塊の表面に降り立った。周辺には、環状のクレーターがいくつもあった。最大のものは直径が二キロメートルに達していた。完全な闇が支配している。同じ時空の泡のほかの部分で見られたぼんやりとした明るさは、過去の柱がなす境界線で終わりだった。着陸直後、《ハルタ》の船体からいくつかのライトが出てきて宙を漂った。それらが光を拡散させたので、着陸地点の周辺のようすだけはある程度まで視認できた。

船内の空気には緊張が高まっていた。楽観的になれる要素はほとんどない。グッキーは船尾にある空の倉庫に引きこもり、あらゆる周波数でメンタルエーテルを捕捉しようと試みた。一時間後、グッキーはへとへとに疲れていたが、思考インパルスはひとつも見つからなかった。もしイホ・トロトがこの殺風景な岩塊のどこかにいるとしたら、ペリー・ローダンがすでに予想したように、生命活動を最小限におさえ、肉体的にも、精神的にも停止しているにちがいない。意識がシグナルを発しないので、イルトにも探りだすことができないのだ。

この岩塊の表面積は三百五十平方キロメートルを超えていた。溝やクレーター以外に目立つものはなにひとつとして存在しない。ハルト人がいてもおかしくないような特殊な場所、たとえばひときわ高い山頂や数キロの深さの渓谷なども存在しなかった。つまり、しらみつぶしに捜索するしかないということだ。小惑星の表面をくまなく走査するために、探査機を送り出す。

きわめてちいさいとはいえ、希望はあった。もし本当にここにいるのなら、イホ・トロトはある日だれかが自分を探しにくるにちがいないと考えたはずだ。そのときのために、なんらかのしるしをのこしたにちがいない。

その、見た目すらわからないしるしを、ある平方キロメートルから次の平方キロメートルへと、探査機は探しつづけた。そうやって、一時間、また一時間と過ぎていった。

＊

八時間が過ぎた。《ハルタ》の船内では、だれひとりとして休もうとはしなかった。体力がもどったグッキーは船外へとテレポーテーションしてみた。たとえあのハルト人の身体活動が停止しているとしても、残存意識はまだ存在しているはずで、潜伏場所の近くでなら、その微弱なシグナルでさえ捕捉できるはずだと考えたのだ。そうやってすでに二十回もジャンプしていた。それでもイホ・トロトの痕跡は見つからなかった。

そうこうするうちに、探査機が小惑星表面の三分の一のスキャンを終えた。ある天体がここまでの精度でもって計測されたことはほとんどないだろう。ときおり、なにかを見つけた探査機が、設定された基準ではそれが報告に値いするかどうかが判断できない場合、《ハルタ》に映像を送ってきた。ペリー・ローダンとレジナルド・ブルとエイレーネのもとに、すでに何十もの映像がとどけられた。そのほとんどは無視できた。一度はグッキーが実際に現地にテレポーテーションしてみたが、イホ・トロトを見つけることはできなかった。

「二十四時間後ぐらいに、イホ・トロトがここにいないという結論が出た場合、どうするんですか？」レジナルド・ブルがたずねた。

「宇宙ステーションへもどる」ペリー・ローダンが答えた。「なにか記録があるはずだ。ラカルドーンの話では、イホ・トロトはロングンアタアンの前任者によって過去の杜の奥に追放されたことになっている。そのときのようすを記したデータがあるにちがいない」

「ラカルドーンはデータを見せてくれるんですかね？」

「そう願うよ」

「あのナックを信用してるんですね？」

「いまのところは信用しない理由がない」ローダンはいった。「これまでの発言は筋が通っているし、約束も守ってくれた」

ブルはため息をついた。探知機がもたらす映像を眺める。過去の柱の五つの楕円が真珠のように輝いていた。

「次にあそこにもどったときには、ラカルドーンがどんなやつなのかわかるでしょうよ」そしてこうつけくわえた。「六時間ごとに、中央の柱を消すという約束だ」

「ラカルドーンが約束を破ると思うのか？」ローダンが問いかけた。

ブルは肩をすくめる。

「やつはナックです。ナックの頭のなかがどうなっているのか、だれにもわかりません。われわれはここにいます。もしあいつに悪意があるのなら、われわれはすでに捕らわれているのです」そこまでいって、ブルは突然話題を変えた。「あの奇妙な施設はなんのためにあると思います？」

「わからない。それもラカルドーンに教えてもらわなければならない。あそこまで大がかりなことをしているのだから、カンタロにとってきわめて重要な役割があることはたしかだろう」

「ラカルドーンが口にした言葉が気になってしょうがないんですよ」ブルが考えこむようにいった。「過去の創造。いったい、なんのことでしょうね？　ロングンアタアンはここで時間の実験を行なっていたのでしょうか？」

　ローダンは関心なさそうにほほえんだ。

「考えてもしょうがない」と、答える。「カンタロについては、ほとんどなにも知らないんだからな。ロングンアタアンがここでなにをしていたのかを想像するよりも、宇宙ステーションにもどってナックといっしょに調べたほうが早い」

　レジナルド・ブルはそれほどかんたんにいいくるめられるつもりはなかったようだ。すでにこのテーマについてじっくりと考えて仮説を立てたので、それを披露するつもりだった。だが、その前にじゃまが入った。グッキーが司令室のまんなかで実体化したのだ。その目は輝いていた。興奮しているようだ。

「なにかわからないけど」と、話しはじめた。「闇の奥に、微弱なプシオンシグナルを発する場所が見つかったんだ。ぼくに聞こえてくるのはイホ・トロトの思考ではないと思う。その放射は明らかに調整されているんだけど、そのインパルスはほとんど解読できないんだ。でも、年代記作者という言葉がくり返し聞きとれた。それがなにを意味しているのか、わからないけどね」

　グッキーがヘルメットを開けた。

「ジャンプした先の座標は記録したか？」ローダンがたずねた。

イルトは不満そうにローダンを見つめた。

「ぼくをなんだと思っているの？　初心者？　座標はセランがすぐに船載コンピュータに転送したよ」

「そのとおりです」タラヴァトスが許可もなく発言した。「くわえて、送り出した探査機のひとつからも報告がありました。そしてすこし声を変えて、つづけて報告した。「くわえて、送り出した探査機のひとつからも報告がありました。痕跡が見つかりました」

ペリー・ローダンは立ちあがった。

「映像を！」と、命ずる。「映像を見せてくれ！」

ヴィデオ映像が浮かびあがった。クレーターだらけの地表がうつしだされた。しかしよく見ると、険しい環状の岩壁の下に、角度によってはエックスにもプラスにも見える、幾何学的なシンボルがあった。きわめて単純なかたちではあるが、みごとな直線が使われていることから、自然に生成した地形ではありえない。

グッキーは混乱しているようだ。

「テレポーテーションしたとき、地形まではわからなかったよ」グッキーはいった。「目的地に直接跳んで、そこで実体化するから、そのまわりを俯瞰するわけではないかんね。でも、この鋭く切りとられた垂直の断崖と直角に交わる二本の線……」タラヴァトス！」

「なんでしょう」コンピュータがサーボを介して応答した。

「このマーキングがある場所の座標はもうあるの？」

「はい」

「それをぼくがとどけた座標とくらべて」グッキーが命じた。

「完了しました」コンピュータの声が答えた。「ふたつの座標は誤差の範囲内で一致しています」

7

マーキングそのものはさほど深くはなかった。いちばん深いところで四メートル、浅いところでは一メートルにも満たなかった。Xの二本の線が交差する中心がもっとも深い。

小型搭載艇はその交差のすぐわきに着陸した。乗っているのはペリー・ローダン、グッキー、そしてブガクリスの男の三人だ。セランが三人を真空と猛烈な寒さから守っていた。かれらが手にするライトがまばゆい光で灰黒色の岩肌を照らした。

「ぼくがジャンプしたのはここ」グラヴォ・パックの力で深みに降り立ってすぐ、グッキーがいった。「ここで乱れたプシオンシグナルをキャッチしたんだ」

「いまはどうだ?」ローダンがヘルメットの受信機を介して問いかけた。

「いまもそう」イルトの自信なさそうな声が聞こえてきた。「独特な音で、どう説明すればいいのか、わからないよ。ずっと昔はすべてが秩序だっていて、論理的で理解可能な意味をなしていたのだと思えるけど、それがいつか秩序を失って、ばらばらになったって感じ。だからいまは断片しかひろえなくて、意味やつながりがわからないんだ。年代記作者、呪い、時間……」

ペリー・ローダンはレジナルド・ブルの仮説を思い出した。ロングンアタアンは時間にまつわる実験をしていたのか？

「時間？」ローダンは問い返した。「どういう文脈で？」

グッキーは首を横に振った。

「文脈なんてないよ」と、答える。「何千もの生物がおしゃべりしている集会に聞き耳を立てているような感じ。騒音にしか聞こえないおしゃべりから、ランダムに単語だけをピックアップするフィルターを使ったと想像してみて。それがまさに、いまのぼくの感覚なんだ」

「そのインパルスはイホ・トロトのものではないのか？」

「絶対に違うよ」グッキーがうなずいた。「あのハルト人の思考なら、千人の思考に紛れていてもぼくにはわかる。でも、ほかにも心配なことがあるんだ。トロトが本当にこの近くにいるのなら、このごちゃごちゃした騒音がかれの意識シグナルをおおいかくしてしまっているのかもしれない」

この会話には興味のなさそうなコヴァル・インガードは、ふたりからすこしはなれたところにいた。ローダンが見まわしても、どこにもその姿が見えない。だから名前を呼んだ。

「ここです」ブガクリスの男がいった。ローダンにはコヴァル・インガードのライトの光が断崖に沿って動くのが見えた。手袋をはめた手が岩のうしろで左右に振られている。

「地表にはみなさんの友がいなさそうでしたので、地下に降りる入口がどこかにあるはずだと思ったんですよ」

「見つかったのか？」

「ええ、たぶん」受信機から聞こえてきた。

「狩人の勘ってやつだね」グッキーがこらえきれずにいった。

岩肌に開かれた入口は三メートルほどの幅があったが、間近に立たないと気づけないほど巧妙にカモフラージュされていた。入口からつづく通路は小惑星の内部へと急降下しているうえ、すぐにきついカーブを描いていたので、ライトの光は数メートル先までしか照らせない。通路の高さは四メートル。ペリー・ローダンはそうしたことすべてをしっかりと記憶した。ハルト人も問題なく通れる高さと幅だ。

ローダンとグッキーが入口に近づいてきたことに気づいたコヴァル・インガードは、すぐに通路に足を踏み入れ、すでに数メートル先の曲がり角の向こうに消えていた。グッキーの軽口も、けっしてまちがいではなかったようだ。コヴァル・インガードの狩人としての本能が呼びさまされたようだ。ローダンはグラヴォ・パックを起動し、インガードのあとを追った。坑道の幅は充分だったので、窮屈さは感じない。グッキーが突然消えた。おそらく前方にテレポーテーションしたのだろう。

通路は何度もカーブをくり返しながら深みへもぐっていった。壁と天井と床には、ところどころ溶けた痕跡があった。岩に穴をうがつために、サーモ銃かなにかが使われた証拠だ。この深みのどこかにハルト人がいることを、ペリー・ローダンはもはやほとんど疑わなかった。あとはグッキーからの報告を待つだけだ。

そして数分後、待ちに待った連絡があった。だが、それはローダンが予想したものではなかった。

「まさに奇蹟だよ！」ネズミ＝ビーバーが声をあげた。「宝石の海のようだ！」

「グッキー、なにを見つけたんだ？」ローダンがたずねた。

「ぼくはいま、劇場のような場所にいて」グッキーが答える。「目の前で急に深くなっているんだ。深みの底になにもない円形の空間があって、直径はすくなくとも三百メートルはあると思う。で、そこがきらきらと輝いているんだ。宇宙じゅうの海賊が宝をここに集めたみたいにさ」

「イホ・トロトの痕跡はないのか？」

「ない」グッキーがいった。「ここには痕跡はないよ。なぜって、ここの輝く石がさっきのプシオンノイズを発しているんだから」

十分後、ローダンとインガードがグッキーに追いついた。グッキーの説明は正しかった。坑道は八メートル幅の平面に通じていた。ピココンピュータの計算によると、そこは小惑星の地表から二百三十メートルの深さだった。左右は険しく切り立った壁にかこまれている。前方には縁があって、その先に肉眼でははかりしれない深みがあった。ローダンとインガードは胸部ライトを点灯していた。ずっと奥のほうは壁の一部が崩れたにちがいない。大量の瓦礫《がれき》の山が見える。

グッキーは八メートル幅の平面の縁に立っていた。

「ライトを消して」興奮した声でいった。

ふたりはいわれたとおりにする。コヴァル・インガードが驚きの声をあげた。ライトのまばゆい光が消えたいま、ほとんどだれも見たことがない光景が目の前にひろがっていた。

目の前の深みの底がきらきらと輝いていたのだ。まるでエメラルドやサファイアやルビーやダイヤモンドが、無数に敷き詰められているかのようだった。しずかで、絶えることのない光。それなのに生きているかのようで、次の瞬間にそこでなにかが動きだしてもおかしくないと感じられた。その色とりどりの輝きは、人間の意識をまちがいなく魅了した。人はこうした情景に病みつきになることがあるのだろうか、とペリー・ローダンは思わず考え、そう考えた自分に驚いた。この深みを見おろし、そこにある上質の輝きを目にした者は、自分の置かれた状況や、それまでやってきたことのすべてを忘れてしまう。知らず知らずのうちに、ローダンは深みの縁まで数センチメートルの場所まで歩みを進めていた。もちろん、この小惑星の重力は微少で、いざというときにはグラヴォ・パックが作動したにちがいない。しかし、この情景には観察者を完全に魅了する危険があった。

「アムリンガルの時の石板」グッキーがうやうやしくいった。「はっきりとそう聞こえる」

ペリー・ローダンはそのひとことを聞き逃さなかった。輝く石に対する興味はいっきに消えた。「いまなんといった?」ローダンは問いただした。「きみがどうしてその言葉を……」

色とりどりの輝きのなか、ローダンはグッキーのちいさな輪郭を見た。腕を伸ばして下を指している。

「あれだよ」口ぶりはいたって真剣だ。「というか、あれがそののこり。災《わざわ》いが起きて、石板が崩れたんだ。ぼくたちが見ているのは、その瓦礫。以前は強力なプシオン・エネルギーに満ちていたみたい。いまはそのごくわずかな痕跡しかのこっていないけどね。でも、この瓦礫でさえ、もとの構造物の名を知っている。こうささやくのが聞こえるんだ。〝アムリンガルの時の石板……国を災いが襲った……超越知性体〝それ〟の年代記作者がそう報告している……〟」

「年代記作者！」

地面が震えはじめたことにペリー・ローダンは気づいた。驚いて振り返ると、胸のライトが自動で点灯した。瓦礫の山が動いた。岩の破片が天然の弱い重力に引かれて、ゆっくりと落ちていく。砂塵が真空に舞いあがり、すぐにまた落ちた。驚いたコヴァル・インガードは数歩退き、ホルスターからコンビ銃を抜いた。

「だめ！」グッキーが叫ぶ。「武器をしまって！」

瓦礫の山が爆発したように見えた。砂埃《ぼこり》や小石が四方に飛び、驚くペリー・ローダンの目の前で、瓦礫から巨大ななにかがあらわれた。それは全身が砂埃でおおわれ、まるではるか昔にミイラにされた怪物のようだ。その怪物が立ちあがると、身長は三メートルを超えていた。はじめのうち、動きはたどたどしかったが、そのうちしっかりとしてきた。腕を伸ばした……四本腕だ！　からだを震わすと砂埃が舞いあがり、衣服の隙間に入りこんでいた石がまるで弾丸のように飛び散った。

すると数百年にわたって堆積しつづけた砂埃や石などの層の下から、真っ赤に輝く宇宙服が姿をあらわした。砂埃が舞い落ち、半円形のヘルメットのまるみがきらめいた。黒い顔から、三つの巨大な赤い目がじっと見つめた。力強く低い声が鳴り響く。その音があまりに大きいため、ピコンピュータが自動で減衰機能を最大限に作動させた。

「ローダノス！　きみはわたしを見捨てたりしないと思っていたぞ！」

＊

歓迎の挨拶は終わりそうになかった。ハルト人のよろこびは相当なものだった。友を否応なく抱きしめ、まるでジャグリングのボールのように胴あげする。コヴァル・インガードも、本人の意志には関係なく、巨人のとめどないよろこびを全身で味わうことになった。

ペリー・ローダンが半分笑い、半分うめきながらやめてくれといったことでようやく、イホ・トロトは熱烈な遊びを終わらせた。

「何年も、ここでじっと横たわっていた」そうこぼした。「とにかくからだが動かしたい。よろこびのあまり、この洞窟を崩壊させてしまいそうだ。友よ、きみたちに聞かせたい話がある……」

「話せることはすべて話してもらおう」ローダンがいった。「だが、まずはここよりもおちつける場所へ行こう」

「《ハルタ》を見つけたのだな！」イホ・トロトが叫んだ。

「ああ、見つけた。パウラ星系第二惑星の宇宙港で」ローダンが明かした。「いまはここにある」

ハルト人が笑うとヘルメットの受信機から轟音が響いた。

「思ったとおりだ！　きみならわたしを見つけられると信じていた、ローダノス。きみが死んだというおとぎ話を、わたしはけっして信じなかった」

「そのあたりについては話しておく必要がある、トロトス」テラナーが答えた。「きみが聞いたおとぎ話をわたしにも聞かせてくれ。だが、まだここにいるうちは、違うことを話してもらいたい。あそこ、下に見えるきらめきはなんだ？」

イホ・トロトが突然真顔になった。大げさなよろこびは消え、声を押し殺した。

「あれはアムリンガルの時の石板だったものだ、ちいさな友よ。そのメッセージを読み解くつもりだったのだが、手遅れだった。きみの時間で七百年前、宇宙のこの領域を災いが襲った。強大な衝撃が空間と時間を震わせたのだ。そのときに、時の石板も砕け散ったのだろう。わたしがここにきたときには、メッセージは失われていた。だが、ごくわずかではあるがわかったこともある。その点についても、あとで話そう」

四人は洞窟を出ることにした。グッキーはローダンとトロトとインガードを地表にテレポートすると申し出た。だが、トロトは笑いながら断った。

「自分のからだを動かせるのがうれしいのだよ、わかるかな？」と、いって笑う。「ここまで長い道のりだった。ルックアウト・ステーションでわたしは着慣れた戦闘服を脱がなければならなかった。マークスに今後はいっさい危害をくわえないとしめすためだ。

新しい服をそろえるのに、どれほど苦労したことか！　それにもようやく慣れてきた。どうだ、すばらしいできだろう？」

　その真っ赤な衣服をグッキーが本当に美しいねと褒めてから、ようやくハルト人は話をつづけた。

「多くの時間と紆余《うよ》曲折をへて、わたしはついにこのブラックホールにたどり着いた。ペリー・ローダンを見つけ、アムリンガルの時の石板を読みたいと願う思いがあまりに強く、冷静さを欠いていたのだろう、わたしはあのいまいましいカンタロに、あっさりと過去の柱の奥に追放されてしまった。いつかかならずだれかがわたしを解放しにくると確信はしていたが、あまりに長い時間が過ぎた。力を節約するため、わたしはからだを結晶化し、深い眠りについた。数十年ごとに目をさまし、食事をしてエネルギーを補給する。自然に成長した岩でがまんしなければならなかったがな。わたしの代謝系は岩を消化できることは知っているだろう。そのうち、自分の居場所に印をつけておいたほうがいいと思うようになった。だれかがきたときに、わたしを見つけやすくするためにな。きみたちはその印を見つけたのだろ？　文字どおり、岩を食べたのだよ。あの十字マークはわたしの食事跡だ」

　地表のマーキングは、追放されたハルト人が長年にわたって数千トン分の岩を食べた跡だったのだ！　じつに愉快な話ではないか。

ローダンたちは搭載艇から《ハルタ》に通信した。《ハルタ》船内は、ハルト人発見の報に沸き返った。とくにエイレーネがわれを忘れるほどよろこんだ。一方、レジナルド・ブルはかろうじてある程度の冷静さをたもっていた。

「うれしい知らせのなか気が引けますが、すこし心配なことがあります」よろこびの波がしだいにやみはじめたころ、ブルがいった。「一時間ほど前から、柱の反射が明らかに強くなったのです。タラヴァトスは、宇宙ステーションが柱に送るエネルギーを増やしたと解釈しました」

「タラヴァトス？」イホ・トロトが不思議そうにいった。「だれのことだ？」

「きみの船載コンピュータだよ」ペリー・ローダンが答えた。「わたしがそう名づけた」

コンピュータが減衰機能を作動させているにもかかわらず、鼓膜を破るほどの勢いでハルト人が笑った。

「ああ、ハルトのノームとエルフたちよ！」と、叫ぶ。「この男は、ハルトの船に搭載されたなかでももっとも陰険でずる賢い存在を、よりによって〝尊師〟と名づけたそうだ！」

*

数時間後、全員が《ハルタ》の司令室に勢ぞろいした。イホ・トロトは数百年ぶりに〝まともな〟食事をした。船のキッチンにそなえられた給仕システムがハルト人好みのレシピにしたがって料理したおよそ五十キロ分のごちそうだ。ハルト人は指揮官用のシートにすわった。サイズが完璧に合っているのが、だれの目にも明らかだった。

「子供たちよ、きみらを愛している」イホ・トロトは轟《とどろ》く声でいった。「いつかある日、友と再会する日がくることを、けっして疑わなかった。この運命をうまく利用しようではないか。この宇宙は巨大規模のカタストロフィによって大混乱におちいった。やるべきことがまだまだたくさんある。われらには重要な課題があたえられた。われわれにふさわしい力と決意をもって、立ち向かおうではないか」

《ハルタ》はまだ荒涼とした小惑星の地表に立っていた。離陸する準備はととのっている。これまで、過去の経験を交換する時間はあまりなかった。ハルト人が食事しているあいだに、ペリー・ローダンが手短かに銀河系船団の宇宙船が経験した奇妙な運命について報告した。だが、トロトは自分の運命についてはなにも話さなかった。話すには長い時間が必要だ、とのことだった。ただ、言葉の端々から、信じがたい経験をしたことはたしかだと思えた。

「依然として、最重要課題は情報を集めることだ」ハルト人の言葉に応じて、ローダンがいった。「きみのいうとおり、この宇宙は混乱をきわめている。すくなくとも、この局部銀河群ではそうだ。だが、なにが起こったのか、われわれはいまだに知らない。仕事にとりかかる前に、なにをめざせばいいのか、知る必要がある」

イホ・トロトの三つの目に狡猾《こうかつ》な光が宿った。

「ちいさな友よ、二千年のつきあいがなくても」巨人はほくそ笑んだ。「きみの言葉から、早くわたしの知っていることを話せと要求していることがわかるぞ。そうなんだろ？　テラナーの友よ、きみはわたしがずいぶん長い時間、この呪われた岩塊ですごしたことを忘れているようだ」

「だが、きみはアムリンガルの時の石板を見つけた」ローダンが主張した。

「わたしが見つけたのは輝く残骸でしかない。局部銀河群を巨大なカタストロフィが襲ったときに砕け散ったのだ。もともと、時の石板は巨大な年代記だったにちがいない。だれかはわからぬが、上位存在〝それ〟の年代記作者が石板に記録した。どの石板もプシオン・エネルギーに満ちていて、正しい心をもってそれに近づく者に、精神的な道を通じてその内容を明かしたのだ。

だが、わたしがやってきたときには、アムリンガルの時の石板はすでに崩れ落ちていて、きらめくかけらが脈絡のない情報を発しているだけだった。壮大な歴史の物語だったものが、思考のかけらになってしまった。残存する思考を受信できる者を何千人も送りこんで、それらが集めた印象を分類し、内容のあるかたちにならべ替えられる高性能なコンピュータがあれば、もしかすると、かつて石板に記録されていた情報の一部だけでも再現できるかもしれないが、そんな時間はのこされていない」

しばらくのあいだ、だれもなにもいわなかった。そしてようやくペリー・ローダンが問いかけた。

「本当になにも、なにひとつとして情報が得られなかったのか？」

ローダンは失望をかくそうともしなかった。イホ・トロトは猛獣のような巨大な歯を見せながら、ハルト人ふうににやりと笑った。

「いいや、友よ、得られたものもある」と、答えた。「ただし、石板の内容ではなく、わたしより先、巨大なカタストロフィのさいにアムリンガルにいた者についてだ。きみもそいつのことをよく知っている」

「だれだ？」ローダンがすぐに問い返した。

「エルンスト・エラート」

＊

驚きの知らせがもたらしたショックから回復するのに、しばらく時間がかかった。ベオドゥは、エラートと面識はないが、話は何度も聞いたことがある。ブガクリスの男にとっては、かつてのテレテンポラリアーは完全に見知らぬ存在だ。それでも、ハルト人の報告が仲間たちをとても驚かせたことに、コヴァル・インガードも気づいた。

「エルンスト・エラート」ペリー・ローダンはつぶやくようにくり返したが、それでも信じることはできなかった。「永遠の放浪者」

「時の石板を探して、アムリンガルにたどり着いたのだ」イホ・トロトが説明した。

「きみたちがエラートとその友のテスタレの運命について、なにを知っているのか、わたしは知らない。ふたりはあらたなからだを得ていた。今回は、かんたんに脱ぎ去ることができないもののようだ」

「エラートがきみにメッセージをのこした理由は？」レジナルド・ブルが不思議そうにたずねた。「きみがアムリンガルにくると知っていたのだろうか？」

ハルト人は笑った。「その知らせは、わたしに宛てられたものではなかった。エラート自身の言葉ではこうだ。〝それがだれはわからないが、わたしのあとにつづき、わたしの言葉を理解する者のために〟エラートは時の石板の瓦礫を使って、とても独特な方法でメッセージをのこした。わたしほど時間に余裕がなかった者には、見つけることもできなかっただろう。エラートは石を特定の種類と色に分けて、文字のかたちにならべていた。もちろん、ここでいうのは、テラのアルファベット文字という意味だ。文字をならべて言葉にするのは、かなり面倒な作業だったにちがいない。もちろん、地震などで作品が崩れないという保証もない。だから、短くまとめる必要があった。多くを伝えることはできなかった」

すべての目がハルト人に向けられていた。表情には緊張が浮かんでいる。エイレーネが咳ばらいをしてからいった。

「大きな友よ、これ以上じらさないで、エラートになにがあったのか、早く教えて」

「わたしには、きみのたのみを断ることはできない」イホ・トロトは声を響かせた。

「では、エラートのメッセージをきみたちに教えよう。かれは巨大なカタストロフィが起こる前に、テスタレとともにアムリンガルにやってきた。そして完全なかたちの時の石板を見つけた。石板がかれらに内容を明かしてくれたのかどうか、その点についてはなにも語っていない。カタストロフィの直前、無から突然ある女性、少女があらわれた。その女はキトマと名乗り、重要な任務のためにテスタレを迎えにきたのだった。その任務の内容についても、エラートはなにも書かなかった。いずれにせよ、テスタレはその少女とともにアムリンガルを去っていった。エラートはのこった。数日後、局部銀河群をカタストロフィが襲った。エラートは死を覚悟したようだ。数日間、意識を失い、ふたたび目ざめたときには、時の石板は崩れ去っていた。貴重な資料の崩壊に心を痛めたエラートは、回復するためにさらに数日アムリンガルにとどまった。エラートはどうやら高性能な宇宙船を使っていたようだ。苦労も迷いもなく時空の泡に進入できたらしい」

「エラートが、時の石板がここにあると知るにいたった経緯については？」ペリー・ローダンがたずねた。

「ない」イホ・トロトは答えた。「メッセージの最後の言葉はこうだった。〝ここではもうすることがない。べつの場所にすべきことがある。だから旅立つ。このメッセージを見つけた者よ。また会おう〟」

《ハルタ》の司令室を深い沈黙が支配した。数分後、ハルト人がみずから沈黙を破った。

「それがわたしの物語だ」と、いった。「すくなくとも、物語の一部だ。さて、次はきみたちの話を聞きたい。なぜペリー・ローダンが死んだという噂が立っていたのだ？」

「その理由を、きみに教えてもらえると思っていたよ」ローダンは笑った。「アイシュラン＝ホ、二百の太陽の星、ルックアウト・ステーション、わたしの行く先々で、わたしは死んだことになっていた。もちろん、この七百年近く、だれもわたしの姿を見なかったというのも事実だ。わたしが死んだと宣言されるのも当然かもしれない」

「いや、いや」ハルト人が否定した。「きみがどう死んだか、かなりくわしく噂されていたぞ。巨大なカタストロフィのあと、きみは故郷銀河にいた。何者かから逃げていたのだ。あるいはかなりあわててどこかへ向かおうとしていた。この点については、さまざまな噂があった。とにかく、あせったきみは飛び立つやいなやまっすぐブラックホールへ突っこんでいった。それでおしまいだ。〝ペリー・ローダンはブラックホールに落ち、命を落とした〟この結末は、すべての噂で共通している」

ペリー・ローダンは笑った。どうしようもない、といわんばかりに両手をひろげる。

「わたしが知っていることも、きみと大差ないよ」ローダンは話した。「わたしは生きている。カタストロフィのあと、わたしは故郷銀河にはいなかった。停滞フィールドに囚われていたのだから、いられるわけがない。わたしがブラックホールに突っこんだのは、ここがはじめて。そして、自分の意志でここにきた。《ハルタ》を永遠の船にドッキングさせてね」

イホ・トロトはそうかんたんに納得しそうになかった。

「そこになにかがかくされている」予言のようにいった。「なにがかくされているのか、見つけようではないか」四本腕の一本を横に振って、このテーマはひとまずここで終わりにしようと合図する。「いずれにせよ、わたしはきみを探していた、ちいさな友よ。何百ものブラックホールに飛び、きみが落ちたとされる場所を見つけようとした。そしてついに、過去の柱とアムリンガルの時の石板の噂を耳にしたのだ。その両方が、柱も石板も、特定のブラックホールの事象の地平線の下にあるとも聞いた。そこで、きみも柱と石板をめざしたのかもしれないと思ったのだ。それがきみの死という噂の出どころになったのではないか、と。永遠の船の船内に入りこむのは、たわいのないことだった。

わたしの予想がはずれて、きみがパウラ星系のブラックホールの外にいた場合のために、わたしはさまざまなヒントをのこした。その明らかなひとつが《ハルタ》だ」

そして悔しさをにじませながら、笑みを浮かべた。

「それがどうだ、わたしは青二才の若造のようにまるめこまれてしまった」そういって、こうつづけた。「中性子星の精霊どもの全員をけしかけてやりたいわ。あのいまいましいカンタロが、過去の柱についてあまりにもすばらしい話をするので、わたしはすっかり油断してしまった。こうしてわたしはアムリンガルにやってきたのだ。ここから逃げ出す希望もないままに。すくなくとも、わたしを罠にはめた悪党は希望がないといった。だが、わたしは希望を捨てなかった。そしていま、こうしてわたしが正しかったことが証明された」

「その過去の柱を抜けて、時空の泡の反対側へもどろう」ペリー・ローダンが説明した。「カンタロの宇宙ステーションをくわしく調べれば、これまで解けなかった疑問のいくつかに答えが見つかるだろう」

「その点について訊きたかったのだ、ちいさな友よ」ハルト人はいい、巨大なシートにもたれかかった。「どうやって柱を通過したのだ？　あの障害を無力化する方法を見つけたのか？」

「いや」ローダンが答えた。「ステーションの操作を担当しているナックと協定を結んだんだ」

　イホ・トロトが目を細めた。

「ナックと？　操作担当の？　そいつの名は？」

「ラカルドーンだ」

　すると、ハルト人がサカリのついた鹿の大群のいななきのような声を発した。

「ラカルドーン！」大声が轟いた。「そうだ、やつはあのときもそう名乗った。ラカルドーンはカンタロ語で召使いを意味する単語だ。あのナックは最悪の部類の裏切り者で、カンタロに完全に服従している。その真の名はタワラだ。おぼえていないか？」

　ペリー・ローダンは不安になった。かわりにレジナルド・ブルが答えた。

「タワラはソト＝ティグ・イアンのために故郷銀河の中心にある例の巨大ブラックホールを操作していたナックたちのうち、最後までスティギアンに味方して、わたしたちへの協力を拒んだ数少ない連中のメンバーだ。そいつはそのときに死んだと思っていた」

「思っていた！」イホ・トロトがあざけるようにいった。「そいつは生きのびて、すぐに次に仕える悪党を見つけたのだよ」

　ペリー・ローダンはじゃまな考えを振りはらうかのように頭を振った。

「なにがいいたい、トロトス？」ローダンは問いかけた。「ラカルドーンとのとり決めはあてにできないのか？」

「その答えを口にするために必要なわずかなエネルギーさえもったいないぐらいだ」ハルト人が大声でいった。「過去の柱までもどればわかる。あのいまいましいナックはきみを裏切るだろう」

ペリー・ローダンはしばらくのあいだ黙って目の前を見つめていたかと思うと、突然表情が硬くなった。その顔には決意がみなぎっていた。

「なら、べつのやり方があるさ」

8

六時間半、過去の柱の前で待機した。ラカルドーンが中央の柱を消して門を開けるはずなのに、その期限は過ぎていた。あのナックに対するイホ・トロトの評価が正しかったことが、一秒ごとに明らかになっていった。

ペリー・ローダンはハルト人に、宇宙ステーションで目にした五つのハイパーエネルギー構造体について話して聞かせた。これからなにをするかは、すでに決まっていた。トロトは過去の柱は、宇宙ステーション内の不思議なエネルギー柱と同様の反応を見せると確信した。違いはサイズだけだ。問題は、《ハルタ》に柱に突破口を開くだけの火力があるかどうかだ。

イホ・トロトはマイクロフォンの光るリングを引きよせた。

「なにをするつもりだ？」ペリー・ローダンには見当がつかなかった。

「きみのナックの友に約束を守れというのだよ」ハルト人の言葉が答えた。「もちろん、約束など守らないだろう。だが、言いわけぐらいはするかもしれない」

「ここからでは通信できないぞ」ローダンが説明した。「柱がありとあらゆるエネルギーと物質にとってこえられない障害となっている」

「ちいさな友よ、きみはハルトの技術がまだわかっていないようだな」イホ・トロトがやさしげな笑みを浮かべた。「ハルト人というものは、なすすべがないと思える状況にそなえて、とっておきの切り札をかならず用意しているのだよ。通信に関していえば、問題は周波数だ。無知なきみがタラヴァトスと名づけたこの悪党が、従来のハイパーコミュニケーションのスペクトルをはるかに超える高周波を可能にしてくれると、わたしは確信している」

「もちろんです」直接問いかけられたわけでもないのに、タラヴァトスが答えた。奇妙な会話だった。船載コンピュータは依然としてイホ・トロトの声で話していたからだ。

「ですが、それで柱が通れるようになるとは、わたしには思えません」

「黙れ、ろくでなし」ハルト人が吠えた。「疑うのはおまえの仕事ではないぞ」

　マイクの光が一瞬明るくなった。送信準備がととのったという合図だ。

「こちら、おまえらが四本腕の預言者と呼ぶ者だ」イホ・トロトの声が響いた。「わたしのことを忘れていただろう。ほうっておけば、ハルトの巨人はアムリンガルと呼ばれるばかげた岩塊でひっそりと死んでいくとでも思ったのか。あのころすでにいったはずだ。われわれの関係はまだ終わっていないと。タワラ、哀れなイモムシよ、おまえはわたしの友であるペリー・ローダンと協定を結んだ。それを守るつもりはないか？」

数秒が経過した。トロトの通信が相手にとどいたことをしめす証拠はなにもなかった。

「思ったとおりだ」ローダンがいった。「この障害は……」

映像が浮かんだ。ただし、乱れていた。ノイズのラインと乱れる輪郭が、過去の柱の妨害作用がまだ生きていることをしめしていた。それでも、映像内にブルー・ナックがいることはわかった。

「あらたなる秩序にとって最大の敵となるふたりを永遠に無害にするチャンスを、わたしがみすみす見逃すと考えるのは、おろか者だけだ」姿は見えぬが、声が聞こえてきた。「ペリー・ローダンがおまえを見つけた。たいしたものだ。だが、なにも変わらない。おまえらはそこで囚われつづける」

「臆病者、おまえのいうあらたなる秩序とはなんのことだ？」ハルト人がうなった。「おまえはその宇宙ステーションの長にでもなったのか？　そこから宇宙を支配するつもりか？」

「ばかにしたければすればいい、黒肌の怪物よ」タワラが答えた。「ナックは権力や支配に興味などない。ナックは上位の力のあつかいに長けている。権力と支配は他の者にやらせておけばよい。カンタロがあらたなる秩序の代表だ。ブラック・スターロードのネットワークはどんどんひろがっている。まもなく、あらたなる秩序のメンバーの力は限界がなくなるだろう」

ハルト人の目に怒りが燃えあがった。

「そう思うのか？」声が轟いた。「おまえの主の力の限界を、わたしが見せてやろう。まずはおまえが気にいっているスターロードのネットワークに穴を開けてやる」

「まあ、がんばってくれ」ナックがいった。「過去の柱は上位のエネルギー形態でできている。おまえの原始的な手段では太刀打ちできないぞ」

「タラヴァトス！」トロトが怒りの声をあげると、空気が震えた。

「その名を使うということは、あなたのなかでわたしに対する評価が変わったのですね」船載コンピュータが答えた。「お望みは？」

「このブリキの太鼓野郎、頭がおかしくなったのか！」イホ・トロトは激高した。「わたし相手に哲学問答をするのをやめろ！　攻撃の準備はできたのか？」

「とっくにできています、トロトス」が答えだった。

うなり声をあげながら、ハルト人はシートに腰をおろした。

「撃て！」命令がくだった。

＊

空間の闇に亀裂が走った。まばゆい閃光が闇を切り裂く。ペリー・ローダンは光学表示の大型スクリーンをじっと見つめた。《ハルタ》は中央の柱から一万キロメートルの距離にある。そこから放たれた光の洪水は、タラヴァトスが複数のフィルターをかけたにもかかわらず、直視するのが耐えがたいほどの明るさだ。

見ろ！　最初はぼんやりとした輪郭だけだったが、白い輝きの奥からシリンダー型の柱がしだいにくっきりと浮かびあがってきた。柱は肉眼で見えるわけではなく、探知機の送ってくる映像だけがたよりだ。しかし、いま、六砲の強烈なインパルス・ビームを浴びて、中央の柱が抵抗をはじめた。防御バリアを展開しようとしたのだ。その結果、柱の姿がはっきりと見えるようになった。

「おろか者が！」声が聞こえてきた。「そうやってエネルギーを使うと、死が早まるだけだぞ」

　宇宙ステーションにいるナックとはいまだに通信がつながっていたが、インパルス・ビームによる影響で画質はさらに悪化していた。

「パルスを下げろ」ペリー・ローダンが命じた。

「実行します」タラヴァトスが答えた。

　柱の鮮明さが増していく。赤色にまぶしく輝き、インパルス・ビームの集中砲火で生じた白い光を背景にくっきりと浮かびあがった。

「もっと下げろ」ローダンが叫ぶ。「散乱放射が安定を失う兆候がないか監視しろ」

「はい」船載コンピュータが応じる。

大声でのこぎみよい会話がつづいた。インパルス・ビーム砲にエネルギーを供給するジェネレーターが轟音を発し、船室を震わせていた。

「パルスシーケンス四万二千」タラヴァトスが報告した。

ペリー・ローダンは思い出した。宇宙ステーション中央の柱を撃ったとき、最初の反応が見られたのはパルスシーケンスが毎秒四万五千のときだった。

「散乱放射が明滅をはじめました」コンピュータがいった。

ローダンは、目を大きなスクリーンに釘づけにしたまま身を乗り出し、両手でシートの肘かけをぎゅっとつかんだ。タラヴァトスのいうとおりだ！　柱の赤い輪郭の明るさが変わった！　ちらつきはじめた。ハルト人もそのことに気づいたようだ。ローダンはたずねるような表情で見つめてきたイホ・トロトに向けて、うんうんとうなずいた。

「全エネルギーを投入しろ！」イホ・トロトが命じた。

ジェネレーターの轟音が爆音に変わった。ハイパー受信機の映像にあったナックの姿が大きく揺れた。かれが会話するのにもちいていたインプラントの人工発声開口部が動いているのが見えるが、言葉はもう聞こえない。すさまじい騒音だった。

ペリー・ローダンの見ている前で柱は光を失い、一秒後にまた輝きはじめた。しかし、こんどはギラギラとした黄色だ。そのため、白い光の背景に対して、コントラストは弱まっていた。

「散乱放射が一時的に消滅しました」タラヴァトスが報告した。

「柱が崩壊する！」イホ・トロトが叫んだ。「見ろ！」

黄色い輝きが明るさを失いはじめていた。柱がしぼんでいくように見える。ナックの姿は映像から消えていた。柱が崩壊した場所で、新しい現象が生じていた。これまで中央の柱が立っていた場所に生じた隙間から、かすかな光がさしこんでいた。バリアが破れたのだ！　過去の柱の前方への道が開いた！

「撃ち方、やめい」ハルト人が命じた。「全速前進！」

＊

この数分の地獄のような騒音に慣れた耳には、突然の静寂が不自然に感じられた。宇宙ステーションとの通信は途絶えた。ペリー・ローダンはシートベルトを解き立ちあがったが、心のなかでは動揺していた。額に汗が浮かぶ。まるで自分のこぶしで過去の柱に襲いかかったかのように、くたくたに疲れていた。

「探知機」イホ・トロトが呼んだ。「宇宙ステーションはどこにある？」

その瞬間、船を衝撃が襲い、ローダンはあやうく転倒しそうになった。

「緊急事態」船載コンピュータが報告した。同時に探知機からの映像が浮かびあがった。

「時空構造が安定性を失いつつあります。また、宇宙ステーションがこれまで確認されていなかった強烈な散乱放射を発しています」

ペリー・ローダンは信じられないといった表情で映像を見つめた。首の長いギターのような見慣れたかたちが、奇妙な変化をはじめていた。表面に角やぎざぎざが生じはじめた。船首と船尾をつなぐ細いチューブが膨らみつつある。なにが起こっているのか、ローダンは直感的に悟った。柱の破壊が、ステーション内のハイパーエネルギー構造物にも影響をおよぼしたのだ。そうにちがいない！　過去の柱は宇宙ステーションに備わるプロジェクターが構築したものだ。チューブの中央部分、過去の柱のコピイ元である五本のシリンダー構造があった場所が膨らんでいる。

「ステーションが爆発するぞ」ローダンが叫んだ。

「そんなことはどうでもいい」ハルト人がうなった。「宇宙ステーション全体が……」

それ以上の言葉はなかった。強烈な衝撃が走ったからだ。ペリー・ローダンはすでにシートに腰かけ、ベルトで固定していた。からだが浮き、ベルトが食いこむのが感じられた。

「飛行制御不能」タラヴァトスが告げた。「重力が極度に不安定になっています」

光学観測映像のなか、輪郭のないぼんやりとした散乱放射が白く輝き、事象の地平線下の領域を満たしていた。外でなにか起こっているのかは、わからない。船載コンピュータが次々と報告をもたらした。時空の泡が崩壊したのだ。《ハルタ》は速度を増しながら、ブラックホールの中心をなす特異点に向けて突進していた。宇宙ステーションの探知反射は不明瞭になった。宇宙ステーションの表面から大きな破片が剝がれ、空間に漂っているのが見える。神々に奉仕するためにやってきた何百もの罪のないベカッスが道連れになったことを思うと、ペリー・ローダンは胸が痛んだ。

　船は揺れに揺れた。いたるところできしみ音を立てている。柱への攻撃にエネルギーを使いはたした《ハルタ》には、特異点の凶暴なまでの引力に逆らう力はのこされていなかった。

　エイレーネはシートにすわり、青ざめた顔で目を見開いている。グッキーとベオドゥはたがいに抱き合っていた。コヴァル・インガードは運命に逆らうのをあきらめたかのように、まっすぐ前を見つめている。レジナルド・ブルの顔からは精気が消えていた。この瞬間、無限へ向けて落下しながら、だれもが目前に迫る死を意識した。

「探知しました!」タラヴァトスがいつになく切迫した声で叫んだ。

　ペリー・ローダンは目をあげる。やまない振動のなか、視線を探知映像に向けつづけるのは至難の業だ。画面をなにかがものすごい勢いで横切った。ただし、ぼやけていて輪郭がないので影にしか見えない。べつの宇宙船か、ローダンは朦朧《もうろう》としながら考えた。影はほんの一瞬、百分の一秒ほど《ハルタ》に危険なまでに接近したが、そのあと跡形もなく消えた。

乳白色の茫洋とした明るさのなかにまばゆい光の点が見えた。あれが特異点にちがいない！ペリー・ローダンはまるで催眠術にかかったかのように、その光を見つめた。光はどんどん強くなった。目がくらむ。思わず目を閉じた。

その瞬間、船載コンピュータの声がいった。

「飛びこみます！」

百分の一秒前まであった振動がぴたりととまった。ペリー・ローダンは目を閉じたまま、手で肘かけの位置をたしかめた。まるで子供じみた反応だが、現実がまだ存在していることをたしかめたかったのだ。自分がまだ生きているのか、知りたかった。まぶたをゆっくりと開ける。観測映像は均一の闇をしめしていた。ブラックホールの内部を支配していた乳白色の光はなかった。

ハルト人の声が鳴り響いた。

「航行値は？」

「すべてゼロです」タラヴァトスが答えた。「わたしの観測できるかぎりでは、本船は動いておりません」

「時空構造は？」

「認識不能。まわりは無です」

イホ・トロトはベルトを外し立ちあがった。まるで自然の気まぐれが生んだ、生物の姿をした大岩であるかのように司令室の中央に立ちすくむ。

「ブラック・スターロードへようこそ」イホ・トロトはいった。

「なんのこと？」エイレーネがたずねた。「あのナックもそんなことをいっていたけど。ブラック・スターロードってなんなの？」

ハルト人はにやりと笑った。

「わがちいさな宝物、エイレーノスよ、きみはすべてを知ることになる。われわれは閉じこめられた。もし、わたしが経験から導き出した予想がまちがっていなければ、われわれはまたいつかどこかに脱出できるだろう。それまで時間はたっぷりある。だから、まずはわたしの話を聞いてくれ」

あとがきにかえて

長谷川　圭

今回はじめて、〈宇宙英雄ローダン・シリーズ〉の翻訳に参加させていただくことになった。そうはいっても、じつは数年前、〈ローダンNEO〉シリーズの数巻分の翻訳を担当したことはある。ローダンNEOとはローダン・シリーズ開始五十周年を記念してあらたにはじまったリブート作で、ストーリーは基本的に旧作を踏襲しているが、現代風にすこしアレンジされて語りなおされた。わたしが最初に担当したのは第二巻だ。〝宇宙飛行士〟ペリー・ローダンは、当時から親しかったもうひとりの宇宙飛行士レジナルド・ブルとともに、まだ〝テラ〟とさえ呼ばれていないころの地球にいた。その後さまざまな仲間と出会い、敵と遭遇し、ローダン一行は宇宙へと旅だったのである。

そのような〝始まりの物語〟を翻訳していたわたしにとって、伝統あるローダン〝正史〟の、しかも七〇九巻の翻訳を担当することが決まって、じつに不思議な感覚がした。

わたしの知らない時間と場面（およそ七百巻分）で、ローダンはなにを経験し、どう成長したのだろう？　ブルはまだ健在なのだろうか？　いま、かれらはどこにいる？　魅力いっぱいのミュータント仲間たちはどうなった？

そんなことを考えているうちに、翻訳の底本となるドイツ語の原稿が届いた。それを見て本当にうれしくなった。なぜならそこに、ローダン、ブル、そしてグッキーの名があったからだ。ローダンの名があるのは当たり前かもしれないが、ブルもまだ地球にいたころと同じでローダンのよき相棒として元気にしているではないか。そしてなによりうれしかったのは、グッキーがいまもローダンたちといっしょにいるとわかったことだ。というのも、わたしはローダンNEOで、グッキーが物語最序盤に遭遇する最大の試練の場面を翻訳していたからだ。そのため、なんというか、ひょうひょうとしていて、すこしえらそうで、しかもじつは心やさしいネズミ＝ビーバーのグッキーというキャラクターがとても気に入っていたし、ほかのだれよりも印象に残っていた。しかもそのグッキーが、いまも元気などころか、ローダンのまさに右腕として大活躍をしている。

わたしは普段、おもにノンフィクションの書籍を翻訳していて、一冊が終わればすぐに次の一冊へと、異なるテーマの本をどんどん翻訳していく生活を送っている。場合によっては二冊か三冊の本を並行して訳すこともある。テーマも、医学、政治、哲学、ビジネス、テクノロジーなど多岐にわたる。そのため、正直なところ、訳し終わった本のことはあまりおぼえていない。むしろ、おぼえていては頭がパンクしそうになるので、あえて忘れようとしている側面すらあるかもしれない。だから今回のような〝何年も前に出会ったお気に入りのキャラクターのその後を、数年のときを隔てたのちにふたたび翻訳する〟というのははじめての経験だった。翻訳家冥利《みようり》に尽きるというと大げさかもしれないが、とても新鮮な気持ちで翻訳ができたのはたしかだ。翻訳というのは基本的に孤独な仕事だが、ローダンのようなシリーズものの翻訳をずっとつづけていれば、それほど孤独感をおぼえないのかもしれない、などと考えたりした。

翻訳家冥利という言葉で思い出したのだが、数年前にとてもうれしい出来事があった。わたしはずいぶん前からドイツの市民学校（日本でいう文化センターのような存在）と大学で日本語を教えている。市民学校では複数のグループを担当しているのだが、レッスンはどのグループも週に一回、九十分だけだ。そのうちの一グループはすこし特殊で、十年ほどつづいていて、五人の参加者の平均年齢もとても高く、おそらく六十歳を超えていただろう。上級グループなのだが、参加者の年齢も関係して、会話よりもむしろ〝読み〟に重点を置いたグループだった。授業では、日本語のニュース記事やエッセイ、星新一のショートショート作品などを読んだ。意味を理解するだけでなく、ニュアンスを汲み取ってそれをどうドイツ語にするか、などを説明した記憶がある。

　ある日、参加者の女性が満面の笑みでわたしのところに駆け寄ってきた。そして、はじめて翻訳家として料金の発生する依頼を受けた、と報告したのだ。そのかたは五十歳を過ぎてから日本語を習いはじめ、何年もコツコツ学んだのちに、みずからの日本語能力を〝仕事〟にかえた。それを聞いたときは、わたしも本当にうれしかった。このときは大げさでもなんでもなく、〝翻訳家冥利に、そして日本語教師冥利に尽きる〟と思ったものだ。

　残念ながら、このグループはその後解散した。コロナ禍がやってきたからだ。高齢ということもあり、悔しいかな、リモートで授業をつづけることはできなかった。

　だが、ほかのグループはまだつづいている。コロナも収束し、二年前からは対面授業も再開した。ローダン・シリーズもまだまだ終わりそうにない。今後、どんなうれしい驚きを届けてくれるだろうか？　楽しみでならない。

訳者略歴　1970年生，高知大学人文学部独文独語学科卒，フリードリヒ・シラー大学イエナ哲学部卒，翻訳家・日本語教師　訳書『ワールドスプリッター』フイスケス，『樹木たちの知られざる生活』ヴォールレーベン（以上早川書房刊）他多数

HM=Hayakawa Mystery
SF=Science Fiction
JA=Japanese Author
NV=Novel
NF=Nonfiction
FT=Fantasy

宇宙英雄ローダン・シリーズ〈709〉

永遠《えいえん》への飛行《ひこう》

〈SF2436〉

二〇二四年三月二十日　印刷
二〇二四年三月二十五日　発行

（定価はカバーに表示してあります）

著者　クラーク・ダールトン　クルト・マール
訳者　長《は》谷《せ》川《がわ》　圭《けい》
発行者　早川　浩
発行所　株式会社　早川書房

郵便番号　一〇一 - 〇〇四六
東京都千代田区神田多町二ノ二
電話　〇三 - 三二五二 - 三一一一
振替　〇〇一六〇 - 三 - 四七七九九
https://www.hayakawa-online.co.jp

乱丁・落丁本は小社制作部宛お送り下さい。
送料小社負担にてお取りかえいたします。

印刷・信毎書籍印刷株式会社　製本・株式会社明光社
Printed and bound in Japan
ISBN978-4-15-012436-6 C0197